梁实秋
60年散文精品

雅趣生活

梁实秋

著

中国纺织出版社　国家一级出版社
全国百佳图书出版单位

图书在版编目（CIP）数据

雅趣生活 / 梁实秋著 . -- 北京：中国纺织出版社，
2018.8
（梁实秋 60 年散文精品）
ISBN 978-7-5180-5264-6

Ⅰ. ①雅… Ⅱ. ①梁… Ⅲ. ①散文集—中国—现代
Ⅳ. ① I266

中国版本图书馆 CIP 数据核字（2018）第 171857 号

责任编辑：李凤琴　　责任校对：寇晨晨　　责任印制：王艳丽

中国纺织出版社出版发行
地址：北京市朝阳区百子湾东里 A407 号楼　邮政编码：100124
销售电话：010 — 67004422　传真：010 — 87155801
http://www.c-textilep.com
E-mail: faxing @ c-textilep.com
北京通天印刷有限责任公司　各地新华书店经销
2018 年 8 月第 1 版第 1 次印刷
开本：710×1000　1/16　印张：13
字数：130 千字　定价：42.00 元

凡购本书，如有缺页、倒页、脱页，由本社图书营销中心调换

雅舍

　　到四川来，觉得此地人建造房屋最是经济。火烧过的砖，常常用来做柱子，孤零零地砌起四根砖柱，上面盖上一个木头架子，看上去瘦骨嶙峋，单薄得可怜；但是顶上铺了瓦，四面编了竹篾墙，墙上敷了泥灰，远远地看过去，没有人能说不像是座房子。我现在住的"雅舍"正是这样一座典型的房子。不消说，这房子有砖柱，有竹篾墙，一切特点都应有尽有。讲到住房，我的经验不算少，什么"上支下摘""前廊后厦""一楼一底""三上三下""亭子间""茅草棚""琼楼玉宇"和"摩天大厦"，各式各样，我都尝试过。我不论住在哪里，只要住得稍久，对那房子便发生感情，非不得已我还舍不得搬。这"雅舍"，我初来时仅求其能蔽风雨，并不敢存奢望，现在住了两个多月，我的好感油然而生。虽然我已渐渐感觉是它并不能蔽风雨，因为有窗而无玻璃，风来则洞若凉亭，有瓦而空隙不少，雨来则渗如滴漏。纵然不能蔽风雨，"雅舍"还是自有它的个性。有个性就可爱。

　　"雅舍"的位置在半山腰，下距马路约有七八十层的土阶。前面是阡陌螺旋的稻田。再远望过去是几抹葱翠的远山，旁边有高粱地，有竹林，有水池，有粪坑，后面是荒僻的榛莽未除的土山坡。若说地点荒凉，则月明之夕，或风雨之日，亦常有客到，大抵好友不嫌路远，路远乃见情谊。客来则先爬几十级的土阶，进得屋来仍须上坡，因为屋内地板乃依山势而铺，一面高，一面低，坡度甚大，客来无不惊叹，我则久而安之，每日由书房走到饭厅是上坡，饭后鼓腹而出是下坡，亦不觉有大不便处。

"雅舍"共是六间，我居其二。篦墙不固，门窗不严，故我与邻人彼此均可互通声息。邻人轰饮作乐，咿唔诗章，喁喁细语，以及鼾声，喷嚏声，吮汤声，撕纸声，脱皮鞋声，均随时由门窗户壁的隙处荡漾而来，破我岑寂。入夜则鼠子瞰灯，才一合眼，鼠子便自由行动，或搬核桃在地板上顺坡而下，或吸灯油而推翻烛台，或攀缘而上帐顶，或在门框桌脚上磨牙，使得人不得安枕。但是对于鼠子，我很惭愧地承认，我"没有法子"。"没有法子"一语是被外国人常常引用着的，以为这话最足代表中国人的懒惰隐忍的态度。其实我对付鼠子并不懒惰。窗上糊纸，纸一戳就破；门户关紧，而相鼠有牙，一阵咬便是一个洞洞。试问还有什么法子？洋鬼子住到"雅舍"里，不也是"没有法子"？比鼠子更骚扰的是蚊子。"雅舍"的蚊风之盛，是我前所未见的。"聚蚊成雷"真有其事！每当黄昏时候，满屋里磕头碰脑的全是蚊子，又黑又大，骨骼都像是硬的。在别处蚊子早已肃清的时候，在"雅舍"则格外猖獗，来客偶不留心，则两腿伤处累累隆起如玉蜀黍，但是我仍安之。冬天一到，蚊子自然绝迹，明年夏天——谁知道我还是否住在"雅舍"！

"雅舍"最宜月夜——地势较高，得月较先。看山头吐月，红盘乍涌，一霎间，清光四射，天空皎洁，四野无声，微闻犬吠，坐客无不悄然！舍前有两株梨树，等到月升中天，清光从树间筛洒而下，地上阴影斑斓，此时尤为幽绝。直到兴阑人散，归房就寝，月光仍然逼近窗来，助我凄凉。细雨蒙蒙之际，"雅舍"亦复有趣。推窗展望，俨然米氏章法，若云若雾，一片弥漫。但若大雨滂沱，我就又惶悚不安了，屋顶湿印到处都有，起初如碗大，俄而扩大如盆，继则滴水乃不绝，终乃屋顶灰泥突然崩裂，如奇葩初绽，訇然一声而泥水下注，此刻满室狼藉，抢救无及。此种经验，已数见不鲜。

　　"雅舍"之陈设，只当得简朴二字，但洒扫拂拭，不使有纤尘。我非显要，故名公巨卿之照片不得入我室；我非牙医，故无博士文凭张挂壁间；我不业理发，故丝织西湖十景以及电影明星之照片亦均不能张我四壁。我有一几一椅一榻，酣睡写读，均已有着，我亦不复他求。但是陈设虽简，我却喜欢翻新布置，西人常常讥笑妇人喜欢变更桌椅位置，以为这是妇人天性喜变之一征。诬否且不论，我是喜欢改变的。中国旧式家庭，陈设千篇一律，正厅上是一条案，前面一张八仙桌，一边一把靠椅，两旁是两把靠椅夹一只茶几。我以为陈设宜求疏落参差之致，最忌排偶。"雅舍"所有，毫无新奇，但一物一事之安排布置俱不从俗。人入我室，即知此是我室。笠翁《闲情偶寄》之所论，正合我意。

　　"雅舍"非我所有，我仅是房客之一。但思"天地者万物之逆旅"，人生本来如寄，我住"雅舍"一日，"雅舍"即一日为我所有。即使此一日亦不能算是我有，至少此一日"雅舍"所能给予之苦辣酸甜，我实躬受亲尝。刘克庄词："客舍似家家似寄。"我此时此刻卜居"雅舍"，"雅舍"即似我家。其实似家似寄，我亦分辨不清。

　　长日无俚，写作自遣，随想随写，不拘篇章，冠以"雅舍小品"四字，以示写作所在，且志因缘。

梁实秋的话

不管香不香，开卷总是有益。

一个正常的良好的人家，每个孩子应该拥有一个书桌，主人应该拥有一间书房。

人生到了一个境界，读书不是为了应付外界需求，不是为人，是为己，是为了充实自己，使自己成为一个明白事理的人，使自己的生活充实而有意义。

以我们一般人而言，最简便的修养方法还是读书。

书，本身就有情趣、可爱。大大小小形形色色的书，立在架上，放在案头，摆在枕边，无往而不宜。

一个人在学问上果能感觉到趣味，有时真会像是着了魔一般，真能废寝忘食，甚能不知老之将至，苦苦钻研，锲而不舍，在学问上焉能不有收获？

只有懒惰与任性，才能使一个人自甘暴弃地在"趣味"的掩护之下败退。

我们在求学时代，应该暂且把趣味放在一边，耐着性子接受教育的纪律，把自己锻炼成为坚实的材料。

少年读书而要考试，中年做事而要谋生，老年悠闲而要衰病，这都是人生苦事。

画的美妙处在于透过视觉而直诉诸人的心灵，画给人的一种心灵上的享受，不可言说，说便不着。

在原则上，凡是人为的音乐，都应该宁缺毋滥。

人才难得，半由天赋，半由苦功。

只有神仙与野兽才喜欢孤独，人是要朋友的。

大概风俗习惯，总是慢慢养成，所以能在社会通行。

凡是有情的人，哪个没有情人？情人远在天边，或是已经隔世，都是令人怅惘的事。

目 录　　　　CONTENTS

第一辑

放下手边事，
坐下来读读书

读书使人得到一种优雅和风味，

这就是读书的整个目的，

而只有抱着这种目的的读书才可以叫作艺术。

书

  从前的人喜欢夸耀门第，纵不必家世贵显，至少也要是书香人家才能算是相当的门望。书而曰香，盖亦有说。从前的书，所用纸张不外毛边连史之类，加上松烟油墨，天长日久密不通风自然生出一股气味，似沉檀非沉檀，更不是桂馥兰薰，并不沁人脾胃，亦不特别触鼻，无以名之，名之曰书香。书斋门窗紧闭，乍一进去，书香特别浓，以后也就不大觉得。现代的西装书，纸墨不同，好像有一股煤油味，不好说是书香了。

  不管香不香，开卷总是有益。所以世界上有那么多有书癖的人，读书种子是不会断绝的。买书就是一乐，旧日北平琉璃厂、隆福寺街的书肆最是诱人，你迈进门去向柜台上的伙计点点头便直趋后堂，掌柜的出门迎客，分宾主落座，慢慢地谈生意。不要小觑那位书贾，关于目录版本之学他可能比你精。搜访图书的任务，他代你负担，只要他摸清楚了你的路数，一有所获立刻专人把样函送到府上，合意留下翻看，不合意他拿走，和和气气。书价么，过节再说。在这样情形之下，一个读书人很难不染上"书淫"

文
房
四
宝

一

的毛病，等到四面卷轴盈满，连坐的地方都不容易匀让出来，那时候便可以顾盼自雄，酸溜溜地自叹："丈夫拥书万卷，何假南面百城？"现代我们买书比较方便，但是搜访的乐趣，搜访而偶有所获的快感，都相当地减少了。挤在书肆里浏览图书，本来应该是像牛吃嫩草，不慌不忙的，可是若有店伙眼睛紧盯着你，生怕你是一名雅贼，你也就不会怎样的从容，还是早些离开这是非之地好些，更有些书不裁毛边，干脆拒绝翻阅。

"郝隆七月七日，出日中仰卧，人问其故，曰：'我晒书。'"（见《世说新语》）郝先生满腹诗书，晒书和日光浴不妨同时举行。恐怕那时候的书在数量上也比较少，可以装进肚里去。司马温公也是很爱惜书的，他告诫儿子说："吾每岁以上伏及重阳间视天气晴明日，即净几案于当日所，侧群书其上以晒其脑。所以年月虽深，从不损动。"书脑即是书的装订之处，翻页之处则曰书口。司马温公看书也有考究，他说："至于启卷，必先视几案洁净，藉以茵褥，然后端坐看之。或欲行看，即承以方版，未曾敢空手捧之，非惟手污渍及，亦虑触动其脑。每至看竟一版，即侧右手大指面衬其沿，而覆以次指面捻而夹过，故得不至揉熟其纸。每见汝辈多以指爪撮起，甚非吾意。"（见《宋稗类钞》）我们如今的图书不这样名贵，并且装订技术进步，不像宋朝的"蝴蝶装"那样的娇嫩，但是读书人通常还是爱惜他的书，新书到手先裹上一个包皮，要晒，要揩，要保管。我也看见过名副其实的收藏家，爱书爱到根本不去读它的程度，中国书则锦函牙签，外国书则皮面金字，庋置柜橱，满室琳琅，真好像是琅嬛福地，书变成了陈设，古董。

有人说："借书一痴，还书一痴。"有人分得更细："借书一痴，惜书二痴，索书三痴，还书四痴。"大概都是有感于书之有借无还。书也应该深藏若虚，不可慢藏诲盗。最可恼的是全书一套借去一本，久假不归，全书成了残本。明人谢肇淛编《五杂俎》，记载一位"虞参政藏书数万卷，贮之一楼，在池中央，小木为杓，夜则去之。榜其门曰：'楼不延客，书不借人。'"这倒是好办法，可惜一般人难得有此设备。

读书乐，所以有人一卷在手往往废寝忘食。但是也有人一看见书就哈欠连连，以看书为最好的治疗失眠的方法。黄庭坚说："人不读书，则尘俗生其间，照镜则面目可憎，对人则语言无味。"这也要看所读的是些什么书。如果读的尽是一些猥亵的东西，其人如何能有书卷气之可言？宋真宗皇帝的《劝学文》，实在令人难以入耳："富家不用买良田，书中自有千钟粟；安居不用架高堂，书中自有黄金屋；出门莫愁无人随，书中车马多如簇；娶妻莫愁无良媒，书中自有颜如玉；男儿欲遂平生志，六经勤向窗前读。"不过是把书当作敲门砖以遂平生之志，勤读六经，考场求售而已。十载寒窗，其中只是苦，而且吃尽苦中苦，未必就能进入佳境。倒是英国十九世纪罗斯金，在他的《芝麻与百合》第一讲里，劝人读书尚友古人，那一番道理不失雅人深致。古圣先贤，成群的名世的作家，一年四季地排起队来立在书架上面等候你来点唤，呼之即来挥之即去。行吟泽畔的屈大夫，一邀就到；饭颗山头的李白、杜甫也会联袂而来；想看外国戏，环球剧院的拿手好戏都随时承接堂会；亚里士多德可以把他逍遥廊下的讲词对你重述一遍。这真是读书乐。

我们国内某一处的人最好赌博，所以讳言书，因为"书"与"输"同音，读书曰"读胜"。基于同一理由，许多地方的赌桌旁边忌人在身后读书。人生如博弈，全副精神去应付，还未必能操胜算。如果沾染上书癖，势必呆头呆脑，变成书呆子，这样的人在人生的战场之上怎能不大败亏输？所以我们要钻书窟，也还要从书窟里钻出来。朱晦庵有句："书册埋头何日了，不知抛却去寻春。"是见道语，也是老实话。

书房

　　书房，多么典雅的一个名词！很容易令人联想到一个书香人家。书香是与铜臭相对应的。其实书未必香，铜亦未必臭。周彝商鼎，古色斑斓，终日摩挲亦不觉其臭，铸成钱币才沾染市侩味，可是不复流通的布泉刀错又常为高人赏玩之资。书之所以为香，大概是指松烟油墨印上了毛边连史，从不大通风的书房里散发出来的那一股怪味，不是桂馥兰薰，也不是霉烂馊臭，是一股混合的难以形容的怪味。这种怪味只有书房里才有，而只有士大夫人家才有书房。书香人家之得名大概是以此。

　　寒窗之下苦读的学子多半是没有书房，囊萤凿壁的就更不用说。所以对于寒苦的读书人，书房是可望而不可即的豪华神仙世界。伊士珍《琅嬛记》："张华游于洞宫，遇一人引至一处，别是天地，每室各有奇书，华历观诸室书，皆汉以前事，多所未闻者，问其地，曰：'琅嬛福地也。'"这是一位读书人希求冥想的一个理想的读书之所，乃托之于神仙梦境。其实除了赤贫的人饔飧不继谈不到书房外，一般的读书人，如果肯要一个书房，还是可以好好布置出一个来的。有人分出一间房子来养鸡，也有人分出一间房子养狗，就是匀不出一间做书房。我还见过一位富有的知识分子，他不但没有书房，也没有书桌，我亲见他的公子趴在地板上读书，他的女公子用一块木板在沙发上写字。

一个正常的良好的人家，每个孩子应该拥有一个书桌，主人应该拥有一间书房。书房的用途是庋藏图书并可读书写作于其间，不是用以公开展览借以骄人的。"丈夫拥有万卷书，何假南面百城！"这种话好像是很潇洒而狂傲，其实是心尚未安无可奈何的解嘲语，徒见其不丈夫。书房不在大，亦不在设备佳，适合自己的需要便是。局促在几尺宽的走廊一角，只要放得下一张书桌，依然可以作为一个读书写作的工厂，大量出货。光线要好，空气要流通，红袖添香是不必要的，既没有香，"素腕举，红袖长"反倒会令人心有别注。书房的大小好坏，和一个读书写作的成绩之多少高低，往往不成正比例。有好多著名作品是在监狱里写的。

我看见过的考究的书房当推宋春舫先生的褐木庐为第一，在青岛的一个小小的山头上，这书房并不与其寓邸相连，是单独的一栋。环境清幽，只有鸟语花香，没有尘嚣市扰。《太平清话》："李德茂环积坟籍，名曰书城。"我想那书城未必能和褐木庐相比。在这里，所有的图书都是放在玻璃柜里，柜比人高，但不及栋。我记得藏书是以法文戏剧为主。所有的书都是精装，不全是 buckram（胶硬粗布），有些是真的小牛皮装订（half calf,ooze calf,etc.），烫金的字在书脊上排着队闪闪发亮。也许这已经超过了书房的标准，微近于藏书楼的性质，因为他还有一册精印的书目，普通的读书人谁也不会把他书房里的图书编目。

周作人先生在北平八道湾的书房，原名苦雨斋，后改为苦茶庵，不离苦的味道。小小的一幅横额是沈尹默写的。是北平式的平房，书房占据了里院上房三间，两明一暗。里面一间是知堂老人读书写作之处，偶然也延客品茗。几净窗明，一尘不染。书桌上文房四宝井然有致。外面两间像是书库，约有十个八个书架立在中间，图书中西兼备，日文书数量很大。真不明白苦茶庵的老和尚怎么掉进了泥淖一辈子洗不清！

闻一多的书房，和"闻一多先生的书桌"一样，充实，有趣而乱。他的书全是中文书，而且几乎全是线装书。在青岛的时候，他仿效青岛大学图书馆庋藏中文图书的办法，给成套的中文书装制蓝布面，用白粉写上宋体字的书名，直立在书架上。这样的装备应该是很整齐可观，但是主人要作考证，东一部西一部的图书便要从书架上取下来参加獭祭的行列了，其结果是短榻上、地板上，唯一的一把木根雕制的太师椅上，全都是书。那把太师椅玲珑梆硬，可以入画，不宜坐人，其实亦不宜于堆书，却是他书斋中最惹眼的一个点缀。

潘光旦在清华南院的书房另有一种情趣。他是以优生学专家的素养来从事我国谱牒学研究的学者，他的书房收藏这类图书极富。他喜欢用书护，那就是用两块木板将一套书夹起来，立在书架上。他在每套书系上一根竹制的书签，签上写着书名。这种书签实在很别致，不知杜工部《将赴草堂途中有作》所谓"书签药裹封蛛网"的书签是否即系此物。光旦一直在北平，晚年丧偶，又复失明，想来他书房中那些书签早已封蛛网了！

汗牛充栋，未必是福。丧乱之中，牛将安觅？多少爱书的人士都把他们苦心聚集的图书抛弃了，而且再也鼓不起勇气重建一个像样的书房。藏书而充栋，确有其必要，例如从前我家有一部小字本的图书集成，摆满上与梁齐的靠在整垛山墙的书架，取上层的书须用梯子，爬上爬下很不方便，可以充栋的书架有时仍是不可少。我来台湾后，一时兴起，兴建了一个连在墙上的大书架，邻居绸缎商来参观，叹曰："造这样大的木架有什么用，给我摆列绸缎尺头倒还合用。"他的话是不错的，书不能令人致富。书还给人带来麻烦，能像郝隆那样七月七日在太阳底下晒肚子就好，否则不堪衣食之扰，真不如尽量地把图书塞入腹笥，晒起来方便，运起来也方便。如果图书都能做成"显微胶片"纳入腹中，或者放映在脑子里，则书房就成为不必要的了。

文房四宝

文房四宝，谓笔墨纸砚。《明一统志》："四宝堂在徽州府治。以郡出文房四宝为义。"这所谓郡，是指歙县。其实歙县并不以笔名，世所称"湖笔徽墨"，湖是指浙江省旧湖州府，不过徽州的文具四远驰名，所以通常均以四宝之名归之。宋苏易简撰《文房四宝画谱》五卷，是最早记述文房四宝的专书。《牡丹亭·闺塾》："春香取文房四宝来模字。"《长生殿·制谱》："不免将文房四宝摆设起来。"是以"文房四宝"一语沿用已久。

凡是读书人，无不有文房四宝，而且各有相当考究的文房四宝，因为这是他必需的工具。从启蒙到出而问世，离不开笔墨纸砚。现在的读书人，情形不同了，读书人不一定要镇日价关在文房里，他可能大部分时间要走进实验室，或是跑进体育场，或是下田去培植什么品种，或是上山去挖掘古坟，纵然有随时书写的必要，"将文房四宝摆设起来"的那种排场是不可能出现的了。至少文房四宝的形态有了变化。我们现在谈文房四宝，多少带有一些思古之幽情。

笔

《史记》："蒙恬筑长城，取中山兔毛造笔。"所以我们一直以为我们现在使用的这种毛笔是蒙恬创造的，蒙恬以前没有毛笔。有人指出这个说法不对。毛笔的发明远在秦前。甲骨文里没有"笔"字，不能证明那个时代没有笔。殷墟发掘，内中有朱书的龟板（董作宾先生曾赠我一条幅，临摹一片龟板，就是用朱墨写的，记载着狩猎所得的兽物，龟脊以左的几行文字直行右行，其右的几行文字直行左行，甚为有趣）。看那笔迹，非毛笔不办。20 世纪初长沙一座战国时代古墓中，发现了一支竹管毛笔，兔毛围在笔管一端的外面，用丝线缠起，然后再用漆涂牢。是战国时已有某种形式的毛笔了。蒙恬造笔，可能是指秦笔而言。晋崔豹《古今注》已有指陈，他说："自古有书契以来，便应有笔，世称蒙恬造笔，何也？答曰：'蒙恬造笔，即秦笔耳。'"所谓秦笔，是以四条木片做笔杆，而不是用竹，因为秦在西陲，其地不产竹。至于我们现代使用的毛笔究竟是始于何时，大概是无可考。韩愈的《毛颖传》不足为凭。

用兽毛制笔实在是一大发明。有了这样的笔，才有发展我们的书法、画法的可能。《太平清话》："宋时有鸡毛笔、檀心笔、小儿胎发笔、猩猩毛笔、鼠尾笔、狼毫笔。"所谓小儿胎发笔，不知是否真有其事。我国人口虽多，收集小儿胎发却非易事。就是猩猩的毛恐怕亦不多见。我们常用的毛是羊毫，取其软，有时又嫌太软，遂有"七紫三羊"或"三紫七羊"或"五紫五羊"的发明。紫毫是深紫色的兔毫，比较硬。白居易有一首《紫毫笔乐府》："紫毫笔，尖如锥兮利如刀。江南石上有老兔，吃竹饮泉生紫毫，宣城工人采为笔，千万毛中拣一毫。"可见紫毫一向是很贵重的。我小时候常用的笔是"小毛锥"，写小字用，不知是什么毛做的，价钱便宜，用不了多久不是笔尖掉毛，就是笔头松脱。最可羡慕的是父亲书桌上笔架上插着的琉璃厂李鼎和"刚柔相济"，那就是"七紫三羊"，只有在父亲命我写"一炷香"式的红纸名帖的时候，才许我使用他的"刚柔相济"。这种"七紫三羊"，软中带硬，写的时候省力，写出来的字圆润。"刚柔相济"这个名字实在取得好。我的岳家开设的程五峰斋是北平一家著名老店，科举废后停业，肆中留下的笔墨不少，我享用了好多年， 其中最使我快意的是毛笔"磨炼出精神"，原是写大卷用的笔， 我拿来写信写稿，写白折子，真是一大享受。

常听人说：善书者不择笔。我的字写不好，从来不敢怨笔不好。可是有一次看到珂罗版影印的朱晦庵的墨迹，四五寸大的行草，酣畅淋漓，近似"笔势飞举而字画中空"的飞白。我忽有所悟。朱老夫子这一笔字，绝不是我们普通的毛笔所能写出来的。史书记载："蔡邕谐鸿都门，时方修饰，见役人以垩帚成字，因归作飞白书。"朱老夫子写的近似飞白的字，所用的纵然不是垩帚，也必定是一种近似刷子的大笔。英文译毛笔为 brush(刷子)，很难令人满意，其实毛笔也的确是个刷子，不过有个或长或短或软或硬溜尖的笔锋而已。画水彩画用的笔，也曾有人用以写字，而且写出来颇有奇趣。油漆匠用的排笔，也未尝不可借来大涂大抹一幅画的背景。毛笔是书画用的工具，不同的书画自然需要不同的笔。

古代书家率多自己造笔，非如此不能满足他的需要。据说王右军用的是兔毫笔，都是经过他自己精选的赵国平原八九月间的兔子的毫，既长而锐。北方天气寒冷，其毫劲硬，所以右军的字才写得那样的挺秀多姿。大抵魏晋以至于唐，以兔毫为主，宋元以后书家偏重行草，乃以鼠毫、羊毫为主。不过各家作风不同、用途不同，所用之笔亦异，不可一概而论。像沈石田的山水画，浓墨点苔非常出色，那著名的"梅花点"就不是一般画笔所能画得出来的，很可能是先用剪刀剪去了笔锋。

毛笔之妙，固不待言，我们中国的字画之所以能在世界上独树一帜，赖有毛笔为工具。不过毛笔实在不方便，用完了要洗，笔洗是不可少的，至少要有笔套，笔架、笔筒也是少不了的。而且毛笔用不了多久必败，要换新的。僧怀素号称"草圣"，他用过的笔堆积如山，埋在地下，人称笔冢，那是何等的豪奢。欧阳修家贫，其母以荻画地教之学书，那又是何等的困苦。自从科举废，毛笔之普遍的重要性一落千丈，益以连年丧乱，士大夫流离颠沛，较简便的自来水笔、铅笔，以至于较近的球端笔（即俗谓原子笔）、毡头笔（即俗谓签字笔）乃代之而兴。制毛笔的技术也因之衰落。近来我曾搜购"七紫三羊"，无论是来自何方，均不够标准，都是以紫毫为心，秀出外露，羊毫嫌短，不能与紫毫浑融为一体，无复刚柔相济之妙。这也是无可奈何之事。有穷亲戚某，略识之无，其子索钱买毛笔，云是教师严命，国文作文非用毛笔不可，某大怒曰："有铅笔即可写字，何毛笔为？"孩子大哭而去。画荻学书之事，已不可行于今日。此后毛笔之使用恐怕要限于临池的书法家和国画家了。

墨

古时无墨。最初是以竹梃点漆，后来用石墨磨汁，汉开始用松烟制墨，魏晋之际松烟制墨之法益精，遂无再用石墨者。魏韦诞的合墨法："好醇烟捣讫，以细绢筛于缸。醇烟一斤以上，以胶五两，浸梣皮汁中。其皮入水，绿色，解胶，又益墨色，可下鸡子白去黄五枚。益以真珠一两，麝香一两，皆别治细筛。都合稠下铁臼中，宁刚不宜泽，捣三万杵，多益善。合墨不得过二月九月，重不得过二三两。"古人制墨，何等考究。唐李廷圭为墨官，尝谓合墨一料需配真珠三两，玉屑一两，捣万杵。晚近需求日多，利之所在，粗制滥造，佳品遂少。历来文人雅士，每喜蓄墨，不一定用以临池，大多是以为把玩之资。细致的质地，沉着的色泽，高贵的形状，精美的雕镂题识，淡远的香气，使得墨成为艺术品。有些名家还自己制墨，苏东坡与贺方回都精研和胶之法。明清两代更是高手如云。而康熙乾隆都爱文墨，除了所谓御墨如三希堂、墨妙轩之外，江南督抚之类封疆大吏希意承旨还按时照例进呈所谓贡墨，虽然阿谀奉承的奴才相十足，墨本身的制作却是很精的，偶有流布在外，无不视为珍品。《红楼梦》作者织造曹寅也有镌着"兰台精英"四字的贡墨，为蓄墨者所乐道。至于谈论墨品的专书，则宋有晁季一之《墨经》、李孝美之《墨谱》，明有陆友之《墨史》等，清代则谈墨之书不可胜计。

墨究竟是为用的，不是为玩的。而且玩墨也玩不了多久。苏东坡诗："此墨足支三十年，但恐风霜侵发齿。非人磨墨墨磨人，瓶应未罄罍先耻。"《苔溪渔隐丛话》："东坡云：'石昌言蓄李廷圭墨，不许人磨。或戏之云：子不磨墨，墨将磨子。今昌言墓木拱矣，而墨固无恙。'……"墨之精品，舍不得磨用，此亦人情之常。袁世凯时的"北平兵变"，当铺悉遭劫掠，肆中所藏旧墨散落在外，家君曾收得大小数十笏，皆锦盒装裹，精美豪华。其形状除了普通的长方形圆柱形等之外，还有仿钟、鼎、樽、罍，诸般彝器之作。质坚烟细，精彩焕然。这样的墨，怎舍得磨？至于那些墨上镌刻的何人恭进，我当时认为无关重要，现已不复记忆了。

书画养性，至堪怡悦，唯磨墨一事为苦。磨墨不能性急，要缓缓地一匝匝地软磨，急也没用，而且还会墨汁四溅。昔人有云："磨墨如病儿，把笔如壮夫。"懒洋洋地磨墨是像病儿似的有气无力的样子。不过也有人说，磨墨的时候正好构想。《荆溪林下偶谈》："唐王勃属文，初不精思，先磨墨数升。"也许那磨墨正是精思的时刻。听人说，绍兴师爷动笔之前必先磨墨，那也许是在盘算他的刀笔如何在咽喉处着手吧？也有人说，作书画之前磨墨，舒展指腕的筋骨，有利于挥洒，不过那也要看各人的体力，弱不禁风的人磨墨数升，怕搦管都有问题，只能做颤笔了。

笔要新，墨要旧。如今旧墨难求，且价绝昂。近有人贻我坊间仿制《十八学士》一匣，《睢阳五老》一匣，只看那镂刻粗糙，金屑浮溢之状，就可以知道墨质如何。能没有臭腥之气，就算不错。

纸

蔡伦造纸，见《后汉书·蔡伦传》："自古书契，多编以竹简，其用缣帛者，谓之为纸。缣贵而简重，并不便于人。伦乃造意，用树肤、麻头及敝布、渔网以为纸。元兴元年 (105) 奏上之，帝善其能。自是莫不从用焉。故天下咸称'蔡侯纸'。" 蔡伦是东汉和帝时的一名宦官，亏他想出以植物纤维造纸的方法。造纸的原料各地不同，据苏易简《纸谱》说："蜀人以麻，闽人以嫩竹，北人以桑皮，剡溪人以藤，海人以苔，浙人以麦面稻秆，吴人以茧，楚人以楮为纸。"多是植物性纤维，就地取材。我国的造纸术，于蔡伦后六百多年传到中亚，再经四百年传到欧洲，这一伟大发明使全世界蒙受其利，是值得大书特书的事。

文人最重视的纸是宣纸，产自安徽宣州，今宣城县，故名。《绩溪县志》："南唐李后主，留心翰墨，所用澄心堂纸，当时贵之。而南宋亦以入贡。是澄心堂纸之出绩溪，其著名久矣。" 按近人考证澄心堂，在今安徽绩溪县艺林寺临溪小学附近，与李后主宫内之澄心堂根本不是一个地方。李后主用绩溪的澄心堂纸，但是他没有制作澄心堂纸。宫中燕乐之地，似不可能设厂造纸。《文房四谱》："黟歙间多良纸，有凝霜、澄心之号。复有长可五十尺为一幅。盖歙民数百理其楮，然后于长船中以浸之，数十夫举杪以抄之。旁一夫以鼓节之。于是以大薰笼周而焙之，不上于墙壁也。由是自首至尾匀整如一。""澄心堂"纸幅大者，特宜于大幅书画之用。不过真的"澄心堂"纸早已成为稀罕之物，北宋时即已不可多见。

《六一诗话》："余家尝得南唐后主之澄心堂纸……"视为珍宝。宋刘
攽（贡父）诗："当时百金售一幅，澄心堂中千万轴，后人闻名宁复得，
就使得之当不识！"如今侈言"澄心堂"，几人见过真面目？

旧纸难得，黠者就制造赝品，熏之染之，也能古色古香地混充过去，
用这种纸易于制作假字画蒙骗世人。这应该算是文人无行的一例。故宫
曾流出一批大幅旧纸，被作伪的画家抢购一空。

宣纸有生熟之别，有单宣、夹贡之分。互有利弊，各随所好而已。
古人喜用熟纸，近人偏爱生纸。生纸易渗水墨，笔头水分要控制得宜，
于湿干浓淡之间显出挥洒的韵味。尝见有人作画，急欲获致水墨渗渲的
效果，不断地以口吮毫，一幅画成，舌面尽黑。工笔画，正楷书，皆宜
熟纸。不过亦不尽然，我看见过徐青藤花卉册页的复制品，看那淋漓的
水渲墨晕，不像是熟纸。

文人题诗或书简多喜自制笺纸，唐名妓薛涛利用一品质特佳的井水
制成有名的薛涛笺，李商隐所云"浣花笺纸桃花色，好好题诗咏玉钩"，
大概就是这种纸。明末盛行花笺，素宣之上加以藻绘，花卉、山水、人物，
以及铜玉器之模型，穷工极妍，相习成风。饾版彩色的《十竹斋笺谱》《萝
轩变古笺谱》可推为代表作。20 世纪初北京荣宝斋等南纸店发售之笺纸，
间更有模印宋版书之断简零篇者，古色古香，甚有意趣。近有嗜杨小楼
剧艺而集其多幅戏报为笺纸者，亦别开生面之作。

自毛笔衰歇之后，以宣纸制作之笺纸亦渐不流行，偶有文士搜集，当作版画一般的艺术品看待。周作人的书信好像是一直维持用毛笔笺纸，徐志摩、杨金甫、余上沅诸氏也常保持这种作风。至于稿纸之使用宣纸者，自梁任公先生之后我不知尚有何人。新月书店始制稿纸，采胡适之先生意见，单幅大格宽边，有宣纸、毛边、道林三种。其中宣纸一种，购者绝少，后遂不复制。

砚

砚居四宝之末，但是同等重要。广东高要县端溪所产之砚号称端砚，为世所称，其中以斧柯山的石头最为难得， 虽然大不过三四指，但是只有冬天水涸的时候才可一人匍匐进入洞口采石，苏东坡所说"千夫挽绠，百夫运斤，篝火下缒，以出斯珍"可以说明端砚之所以珍贵。

与端砚齐名的是歙砚，产地在今之江西婺源县（原属安徽）之歙溪。如今无论是端砚或歙砚，都因为历年来开采，罗掘俱穷，已不可多得，吾人只能于昔人著述中略知其一二，例如宋米芾之《砚史》，高似孙之《砚笺》，以及南宋无名氏之《砚谱》等。

历代文人及收藏家多视佳砚为拱璧。南唐官砚，现在日本，《广仓研录》以此砚为所著录名砚百数十方拓本之首，是现存古砚之最古老、最珍贵者。宋人苏东坡得有邻堂遗砚，及米芾的紫金砚等都是极为有名的，

读书乐？
读书苦？
——

漫谈读书

一

所谓良砚，第一是要发墨，因其石之质地坚细适度，磨墨不费时，轻磨三二十下，墨渖浓浓。而且墨愈坚则发墨愈速，佳砚、佳墨乃相得而益彰。除了发墨之外还要不伤笔，笔尖软而砚石糙则笔易受损。并且磨起不可有沙沙的声响。磨成墨汁后要在相当久的时间内不渗不干。能有这几项优异的功能便是一方佳砚，初不必问其是端是歙。

　　我家有一旧砚，家君置在案头使用了几十年，长约尺许，厚几二寸，砚瓦微陷，砚池雕琢甚细，池上方有石眼，左右各雕一龙，作二龙戏珠状。这个石眼有瞳孔，有黄晕，算不算得是"活眼"我就不知道了。家君又藏有桂未谷模写的蝇头隶书汉碑的拓本若干幅，都是刻在砚石上的，写得好，刻得精，拓得清晰，裱褙装裹均极考究，分四大函。《张迁》《曹全》《白石神君》《天发神谶》《孔宙》，等等无不俱备。观此拓片，令人神往，原来的石砚不知流落何方了。

　　我初来台湾，求一可用之砚亦不易得。有人贻我塑胶砚一方，令人啼笑皆非。菁清雅好文玩，既示我以其所藏之《三希堂法帖》，又出其所藏旧砚多方，供我使用。尤其妙者，菁清尝得一新奇之砚滴，形如废电灯泡，顶端黄铜螺旋，扭开即可注水，中有小孔，可滴水于砚面或砚池，胜似昔之砚蟾。陆放翁有句："自烧熟火添香兽，旋把寒泉注砚蟾。"我之新型砚蟾，注水可长期滴用，方便多多。从此文房四宝，虽不求精，大致粗备。调墨弄笔，此其时矣。

读书苦？读书乐？

从开蒙说起

读书苦？读书乐？一言难尽。

从前读书自识字起。开蒙时首先是念字号，方块纸上写大字，一天读三五个，慢慢增加到十来个，先是由父母手写，后来书局也有印制成盒的，背面还往往有画图，名曰"看图识字"。小孩子淘气，谁肯沉下心来一遍一遍地认识那几个单字？若不是靠父母的抚慰，甚至糖果的奖诱，我想孩子开始识字时不会有多大的乐趣。

光是认字还不够，需要练习写字，于是以描红模子开始，"上大人，孔乙己，化三千……"，再不就是"一去二三里，烟村四五家，亭台六七座，八九十枝花"，或是"王子去求仙，丹成上九天，洞中才一日，世上几千年"。手搦毛笔管，硬是不听使唤，若不是先由父母把着小手写，多半就会描出一串串的大黑猪。事实上，没有一次写字不曾打翻墨盒砚台弄得满手乌黑，狼藉不堪。稍后写小楷，白折子、乌丝栏，写上三五行就觉得很吃力。大致说来，写字还算是愉快的事。

进过私塾或从"人，手，足，刀，尺"读过初小教科书的人，对于体罚一事大概不觉陌生。念、背、打三部曲，是我们传统的教学法。一目十行而能牢记于心，那是天才的行径；普通智商的儿童，非打是很难背诵如流的。英国十八世纪的约翰逊博士就赞成体罚，他说那是最直截了当的教学法，颇合于我们所谓"扑作教刑"之意。私塾老师大概都爱抽旱烟，一二尺长的旱烟袋总是随时不离手的，那烟袋锅子最可怕，白铜制，如果孩子背书疙疙瘩瘩地上气不接下气，当心那烟袋锅子敲在脑袋壳上，"砰"的一声就是一个大包。谁疼谁知道。小学教室讲台桌子抽屉里通常藏有戒尺一条，古所谓榎楚，也就是竹板一块，打在手掌上其声清脆，感觉是又热又辣又麻又疼。早年的孩子没尝过打手板的滋味的大概不太多。如今体罚悬为禁例，偶一为之便会成为新闻。现代的孩子比较有福了。

从前的孩子认字，全凭记忆，记不住便要硬打进去。如今的孩子读书，开端第一册是先学注音符号，这是一大改革。本来是，先有语言，后有文字。我们的文字不是拼音的，虽然其中一部分是形声字，究竟无法看字即能读出声音，或是发音即能写出文字。注音符号（比反切高明多了）是帮助把语言文字合而为一的一种工具，对于儿童读书实在是无比的方便。

我们中国的文字不是没有严密的体系，所谓"六书"即是一套提纲挈领的理论，虽然号称"小学"，小学生谁能理解其中的道理？《说文解字》五百四十个部首就会使人晕头转向。章太炎编了一个《部首歌》，"一、上、三、示、王、玉、珏……"煞费苦心，谁能背得上来？陈独秀编了一部《小学识字读本》（台湾印行改名为《文字新论》），是文字学方面一部杰出的大作，但是显然不是适合小学识字的读本。我们中国的语言文字，说难不难，说易不易，高本汉说过这样一段话——

北京语实在是一种最可怜的方言，总共只有四百二十个音缀；普通的语词不下四千个，这四千多个的语词，统须支配于四百二十个音缀当中。同音语词的增进，使听受者受了极大的困难，于此也可以想见了……（见《中国语与中国文》）

这是外国人对外国人所说的话，我们中国儿童国语娴熟，四声准确，并不觉得北京语"可怜"。我们的困难不在语言，在语言与文字之间的不易沟通。所以读书从注音符号开始，这方法是绝对正确的。

《三字经》《百家姓》《千字文》是旧式的启蒙的教材。《百家姓》有其实用价值，对初学并不相宜，且置勿论。《三字经》《千字文》都编得不错，内容丰富妥当，而且文字简练，应该是很好的教材，所以直到今日还有人怀念这两部匠心独运的著作，但是对于儿童并不相宜。孩子懂得什么"人之初，性本善""天地玄黄，宇宙洪荒"？民国初年，我在北平陶氏学堂读过一个时期的小学，记得国文一课是由老师领头高吟"击鼓其镗，踊跃用兵，土国城漕，我独南行……"，全班一遍遍地循声朗诵，老师喉咙干了，就指派一个学生（班长之类）代表他领头高吟。朗诵一小时，下课。好多首《诗经》作品就是这样注入我的记忆，可是过了五六十年之后自己摸索才略知那几首诗的大意。小时候多少时间都浪费掉了。教我读《诗经》的那位老师的姓名已不记得，他那副不讨人敬爱的音容道貌至今不能忘！

新式的语文教科书顾及儿童心理及生活环境，读起来自然较有趣味。民初的国文教科书，"一人二手，开门见山，山高日小，水落石出……""一老人，入市中，买鱼两尾，步行回家"……这一类课文还多少带有一点文言的味道。后来仿效西人的作风，就有了"小猫叫，小狗跳……"一类的句子，为某些人所诟病。其实孩子喜欢小动物，由此而入读书识字之门，亦未可厚非。抗战初期我曾负责主编一套中小学教科书，深知其中艰苦，大概越是初级的越是难于编写，因为牵涉到儿童心理与教学方法。现在台湾使用的"国立编译馆"编印的中小学教科书，无论在内容上或印刷上较前都日益进步，学生面对这样的教科书至少应该不至于望而生畏。

纪律与兴趣

高中与大学一、二年级是读书求学的一个很重要阶段。现在所谓读书，和从前所谓"读圣贤书"意义不同，所读之书范围较广，学有各门各科，书有各种各类。但是国、英、算是基本学科，这三门不读好，以后荆棘丛生，一无是处。而这三门课，全无速成之方，必须按部就班，耐着性子苦熬。读书是一种纪律，谈不到什么兴趣。

梁启超先生是我所敬仰的一位学者，他的一篇《学问与兴趣》广受大众欢迎，很多人读书全凭兴趣，无形中受了此文的影响。我也是他所影响到的一个。我在清华读书，窃自比附于"少小爱文辞"之列，对于数学不屑一顾，以为性情不近，自甘暴弃，勉强及格而已。留学国外，学校当局强迫我补修立体几何及三角二课。我这才知道发愤补修。可巧我所遇到的数学老师，是真正循循善诱的一个人，他讲解一条定律一项原理，不厌其详，远譬近喻地要学生彻底理解而后已。因此我在这两门课中居然培养出兴趣，得到优异的成绩，蒙准免予参加期终考试。我举这一个例，为的说明一件事，吾人读书上课，无所谓性情近与不近，无所谓有无兴趣。读书上课就是纪律，越是自己不喜欢的学科，越要加倍鞭策自己努力钻研。克制自己欲望的这一套功夫，要从小时候开始锻炼。读书求学，自有一条正路可循，由不得自己任性。梁启超先生所倡导趣味之说，是对有志研究学问的人士说教，不是对读书求学的青年致辞。

一般人称大学为最高学府，易令人滋生误解，大学只是又一个读书求学的阶段，直到毕业之日才可称之为做学问的"开始"。大学仍然是一个准备阶段，大学所讲授的仍然是基本知识。所以大学生在读书方面没有多少选择的自由，凡是课程规定的以及教师指定的读物是必须读的。

青年人常有反抗的心理，越是规定必须读的，越是不愿去读，宁愿自己去海阔天空地穷搜冥讨。到头来是枉费精力自己吃亏，五四时代而不知所从。张之洞的《书目答问》不足以餍所望。有一天几个同学和我以《清华周刊》记者的名义进城去就教于北大的胡适之先生，胡先生慨允为我们开一个最低的国学必读书目，后来就发表在《清华周刊》上。内容非常充实，名为最低，实则庞大得惊人。梁启超先生看到了，凭他渊博的学识开了一个更详尽的书目。没有人能按图索骥地去读，能约略翻阅一遍认识其中较重要的人名书名就很不错了。吴稚晖先生看到这两个书目，气得发出"一切线装书都丢进茅坑里去"的名言！现在想想，我们当时惹出来的这个书目风波，倒也不是什么坏事，只是好高骛远不切实际罢了。我们的举动表示我们不肯枯守学校规定的读书纪律，而对于更广泛更自由的读书的要求开始展露了天真的兴趣。

书到用时方恨少

我到三十岁左右开始以教书为业的时候，发现自己学识不足，读书太少，应该确有把握的题目东一个窟窿西一个缺口，自己没有全部搞通，如何可以教人？既已荒疏于前，只好恶补于后，而恶补亦非易事。我忘记是谁写的一副对联："书有未曾经我读，事无不可对人言！"很有意思，下句好像是左宗棠的，上句不知是谁的。这副对联表面上语气很谦逊，细味之则自视甚高。以上句而论，天下之书浩如烟海，当然无法遍读，而居然发现自己尚有未曾读过之书，则其已经读过之书必已不在少数，这口气何等狂傲！我爱这句话，不是因为我也感染了几分狂傲，而是因为我确实知道自己的谫陋，许多该读而未读的书太多，故此时时记挂着这句名言，勉励自己用功。

我自三十岁才知道自动地读书恶补。恶补之道首要的是先开列书目，何者宜优先研读，何者宜稍加参阅，版本问题也是非常重要。此时我因兼任一个大学的图书馆长，一切均在草创，经费甚为充足，除了国文系以外各系申请购书并不踊跃，我乃利用机会在英国文学图书方面广事购储。标准版本的重要典籍以及参考用书乃大致齐全。有了书并不等于问题解决，要逐步一本一本地看。我哪里有充分时间读书？我当时最羡慕英国诗人弥尔顿，他在大学卒业之后听从他父亲的安排到郝尔顿乡下别墅下帷读书五年之久，大有董仲舒三年不窥园之概，然后他才出而问世。我的父亲也曾经对我有过类似的愿望，愿我苦读几年书，但是格于环境，事与愿违。我一面教书，一面恶补有关的图书，真所谓是困而后学。例如莎士比亚剧本，我当时熟悉的不超过三分之一；例如弥尔顿，我只读过前六卷。这重大的缺失，以后才得慢慢弥补过来。至于国学方面更是多少年茫然不知如何下手。

读书乐

读书好像是苦事，小时嬉戏，谁爱读书？既读书，还要经过无数次的考试，面临威胁，担惊害怕。长大就业之后，不想奋发精进则已，否则仍然要继续读书。我从前认识一位银行家，日间筹划盈虚，但是他床头摆着一套英译《法朗士全集》，每晚翻阅几页，日久读毕全书，引以为乐。宦场中、商场中有不少可敬的人物，品位很高，嗜读不倦，可见到处都有读书种子，以读书为乐，并非全是只知道争权夺利之辈。我们中国自古就重视读书，据说秦始皇日读一百二十斤重的竹简公文才就寝。《鹤林玉露》载："唐张参为国子司业，手写九经，每言读书不如写书。高宗以万乘之尊，万几之繁，乃亦亲洒宸翰，遍写九经，云章烂然，始终如一日，自古帝王所未有也。"从前没有印刷的时候讲究抄书，抄书一遍比读书一遍还要受用。如今印刷发达，得书容易，又有缩印影印之术，无辗转抄写之烦，读书之乐乃大为增加。想想从前所谓"学富五车"，是指以牛车载竹简，仅等于今之十万字弱。公元前一千年以羊皮纸抄写一部《圣经》需要三百张羊皮！那时候图书馆里的书是用铁链锁在桌上的！

《听雨纪谈》有一段话：

苏文忠公作《李氏山房藏书记》曰："予犹及见老儒先生言其少时欲求《史记》《汉书》而不可得，幸而得之，皆手自书，日夜诵读，唯恐不及。近岁，市人转相摹刻诸子百家之书，日夜传万纸，学者之于书，多且易致如此，其文词学术当倍蓰于昔人。而后生科举之士皆束书不观，游谈无根。"苏公此言切中今时学者之病，盖古人书籍既少，凡有藏者率皆手录。盖以其得之之难故，其读亦不苟。到唐世始有版刻，至宋而益盛，虽云便于学者，然以其得之之易，遂有蓄之而不读，或读之而不灭裂，则以有板刻之故。无怪乎今之不如古也。

其言虽似言之成理，但其结论今不如古则非事实。今日书多易得，有便于学子，读书之乐岂古人之所能想象。今之读书人所面临之一大问题乃图书之选择。开卷有益，实未必然，即有益之书其价值亦大有差别，罗斯金说得好："所有的书可分为两大类：风行一时的书与永久不朽的书。"我们的时间有限，读书当有选择。各人志趣不同，当读之书自然亦异，唯有一共同标准可适用于我们全体国人。凡是中国人皆应熟读我国之经典，如《诗》《书》《礼》，以及《论语》《孟子》，再如《春秋左氏传》《史记》《汉书》以及《资治通鉴》或近人所著通史，这都是我国传统文化之所寄。如谓文字艰深，则多有今注今译之版本在。其他如子、集之类，则各随所愿。

人生苦短，而应读之书太多。人生到了一个境界，读书不是为了应付外界需求，不是为人，是为己，是为了充实自己，使自己成为一个明白事理的人，使自己的生活充实而有意义。吾故曰：读书乐。我想起英国十八世纪诗人一句诗——

Stuff the head
With all such reading as was never read.

大意是："把从未读过的书籍，赶快塞进脑袋里去。"

漫谈读书

　　我们现代人读书真是幸福。古者，"著于竹帛谓之书"，竹就是竹简，帛就是缣素。书是稀罕而珍贵的东西。一个人若能垂于竹帛，便可以不朽。孔子晚年读《易》，韦编三绝，用韧皮贯联竹简，翻来翻去以至于韧皮都断了，那时候读书多么吃力！后来有了纸，有了毛笔，书的制作比较方便，但在印刷之术未行以前，书的流传完全是靠抄写。我们看看唐人写经，以及许多古书的钞本，可以知道一本书得来非易。自从有了印刷术，刻版、活字、石印、影印，乃至于显微胶片，读书的方便无以复加。

　　物以稀为贵。但是书究竟不是普通的货物。书是人类的智慧的结晶，经验的宝藏，所以尽管如今满坑满谷的都是书，书的价值仍不是用金钱可以衡量的。价廉未必货色差，畅销未必内容好。书的价值在于其内容的精到。宋太宗每天读《太平御览》等书二卷，漏了一天则以后追补，他说："开卷有益，朕不以为劳也。"这是"开卷有益"一语之由来。《太平御览》采集群书一千六百余种，分为五十五门，历代典籍尽萃于是，宋太宗日理万机之暇日览两卷，当然可以说是"开卷有益"。如今我们的书太多了，纵不说粗制滥造，至少是种类繁多，接触的方面甚广。我们读书要有抉择，否则不但无益而且浪费时间。

那么读什么书呢？这就要看各人的兴趣和需要。在学校里，如果能在教师里遇到一两位有学问的，那是最幸运的事，他能适当指点我们读书的门径。离开学校就只有靠自己了。读书，永远不恨其晚。晚，比永远不读强。有一个原则也许是值得考虑的：作为一个地道的中国人，有些书是非读不可的。这与行业无关。理工科的、财经界的、文法门的，都需要读一些蔚成中国文化传统的书。经书当然是其中重要的一部分，史书也一样的重要。盲目地读经不可以提倡，意义模糊的所谓"国学"亦不能餍现代人之望。一系列的古书是我们应该以现代眼光去了解的。

黄山谷说："人不读书，则尘俗生其间，照镜则面目可憎，对人则语言无味。"细味其言，觉得似有道理。事实上，我们所看到的人，确实是面目可憎语言无味的居多。我曾思索，其中因果关系安在？何以不读书便面目可憎语言无味？我想也许是因为读书等于是尚友古人，而且那些古人著书立说必定是一时才俊，与古人游不知不觉受其熏染，终乃收改变气质之功，境界既高，胸襟既广，脸上自然透露出一股清醇爽朗之气，无以名之，名之曰"书卷气"。同时在谈吐上也自然高远不俗。反过来说，人不读书，则所为何事，大概是陷身于世网尘劳，困厄于名缰利锁，五烧六蔽，苦恼烦心，自然面目可憎，焉能语言有味？

当然，改变气质不一定要靠读书。例如，艺术家就另有一种修为。"伯牙学琴于成连先生，三年不成。成连言：吾师方子春今在东海中，能移人情。乃与伯牙偕往，到蓬莱山，留伯牙宿，曰：'子居习之，吾将迎师。'刺船而去，旬时不返。伯牙延望无人，但闻海水澒洞崩坼之声，山林窅冥，群鸟悲号，怆然叹曰：'先生将移我情。'乃援琴而歌，曲成，成连刺船迎之而返。伯牙之琴，遂妙天下。"这一段记载，写音乐家之被自然改变气质，虽然神秘，不是不可理解的。禅宗教外别传，根本不立文字，靠了顿悟即能明心见性。这究竟是生有异禀的人之超绝的成就。以我们一般人而言，最简便的修养方法还是读书。

　　书，本身就有情趣、可爱。大大小小形形色色的书，立在架上，放在案头，摆在枕边，无往而不宜。好的版本尤其可喜。我对线装书有一分偏爱。吴稚晖先生曾主张把线装书一律丢在茅厕坑里，这偏激之言令人听了不大舒服。如果一定要丢在茅厕坑里，我丢洋装书，舍不得丢线装书。可惜现在线装书很少见了，就像穿长袍的人一样的稀罕。几十年前我搜求杜诗版本，看到古逸丛书影印宋版蔡孟弼《草堂诗笺》，真是爱玩不忍释手，想见原本之版面大，刻字精，其纸张墨色亦均属上选。在校勘上、笺注上此书不见得有多少价值，可是这部书本身确是无上的艺术品。

好书谈

.

从前有一个朋友说，世界上的好书，他已经读尽，似乎再没有什么好书可看了。当时许多别的朋友不以为然，而较长一些的朋友就更以为狂妄。现在想想，却也有些道理。

世界上的好书本来不多，除非爱书成癖的人（那就像抽鸦片抽上瘾一样的），真正心悦诚服地手不释卷，实在有些稀奇。还有一件最令人气短的事，就是许多最伟大的作家往往没有什么凭借，但却做了后来二三流的人的精神上的泉源了。柏拉图、孔子、屈原，他们一点一滴，都是人类的至宝，可是要问他们从谁学来的，或者读什么人的书而成就如此，恐怕就是最善于说谎的考据家也束手无策。这事有点儿怪！难道真正伟大的作家，读书不读书没有什么关系吗？读好书或读坏书也没有什么影响吗？

叔本华曾经说好读书的人就好像惯于坐车的人，久而久之，就不能在思想上迈步了。这真唤醒人的不小迷梦！小说家瓦塞曼竟又说过这样的话，认为倘若为了要鼓起创作的勇气，只有读二流的作品。因为在读二流的作品的时候，他可以觉得只要自己一动手就准强，倘读第一流的作品却往往叫人减却了下笔的胆量。这话也不能说没有部分的真理。

也许世界上天生有种人是作家，有种人是读者。这就像天生有种人是演员，有种人是观众；有种人是名厨，有种人却是所谓"老饕"。演员是不是十分热心看别人的戏，名厨是不是爱尝别人的菜，我也许不能十分确切地肯定。但我见过一些作家，却确乎不大爱看别人的作品。如果是同时代的人，更如果是和自己的名气不相上下的人，大概尤其不愿意寓目。我见过一个名小说家，他的桌上空空如也，架上仅有的几本书是他自己的新著，以及自己所编过的期刊。我也曾见过一个名诗人（新诗人），他的唯一读物是《唐诗三百首》，而且在他也尽有多余之感了。这也不一定只是由于高傲，如果分析起来，也许是比高傲还复杂的一种心理。照我想，也许是真像厨子（哪怕是名厨），天天看见油锅油勺，就腻了。除非自己逼不得已而下厨房，大概再不愿意去接触这些家伙，甚而不愿意见一些使他可以联想到这些家伙的物代。职业的辛酸，也有时是外人不晓得的。唐代的阎立本不是不愿意自己的儿子再做画师吗？以教书为生活的人，也往往看见别人在声嘶力竭地讲授，就会想到自己，于是觉得"惨不忍闻"。做文章更是一桩呕心血的事，成功失败都要有一番产痛，大概因此之故不忍读他人的作品了。

撇开这些不说，站在一个纯粹读者的角度而论，却委实有好书不多的实感。分量多的书，糟粕也就多。读读杜甫的选集十分快意，虽然有些佳作也许漏过了选者的眼光。读全集怎么样？叫人头痛的作品依然不少。据说有把全集背诵一字不遗的人，我想这种人不是缺乏美感，就是为了训练记忆。顶讨厌的集子更无过于陆放翁，分量那么大，而佳作却真寥若晨星。反过来，《古诗十九首》、郭璞《游仙诗》十四首却不能不叫人公认为人类的珍珠宝石。钱钟书的小说里曾说到一个产量大的作家，在房屋恐慌中，忽然得到一个新居，满心高兴，谁知一打听，才知道是由于自己的著作汗牛充栋的结果，把自己原来的房子压塌，而一直落在地狱里了。这话诚然有点刻薄，但也许对于像陆放翁那样不知趣的笨伯有一点点儿益处。

古往今来的好书，假若让我挑选，我举不出十部。而且因为年龄、环境的不同，也不免随时有些更易。单就目前论，我想是：《柏拉图对话集》《论语》《史记》《世说新语》《水浒传》《庄子》《韩非子》，如此而已。其他的书名，我就有些踌躇了。或者有人问：你自己的著作可以不可以列上？我很悲哀，我只有毫不踌躇地放弃附骥之想了。一个人有勇气（无论是糊涂或欺骗）是可爱的，可惜我不能像上海某名画家，出了一套《世界名画选集》，却只有第一本，那就是他自己的"杰作"！

音
乐

一

好
书
谈

一

学问与趣味

　　前辈的学者常以学问的趣味启迪后生，因为他们自己实在是得到了学问的趣味，故不惜现身说法，诱导后学，使他们在愉快的心情之下走进学问的大门。例如，梁任公先生就说过："我是个主张趣味主义的人，倘若用化学化分'梁启超'这件东西，把里头所含一种元素名叫'趣味'的抽出来，只怕所剩下的仅有个零了。"

　　任公先生注重趣味，学问甚是渊博，而并不存有任何外在的动机，只是"无所为而为"，故能有他那样的成就。一个人在学问上果能感觉到趣味，有时真会像是着了魔一般，真能废寝忘食，其能不知老之将至，苦苦钻研，锲而不舍，在学问上焉能不有收获？不过我常想，以任公先生而论，他后期的著述如《历史研究法》《先秦政治思想史》，以及有关墨子、佛学、陶渊明的作品，都可说是他的一点"趣味"在驱使着他，可是在他年轻的时候，从师受业，诵读典籍，那时节也全然是趣味吗？做八股文，做试帖诗，莫非也是趣味吗？我想未必。大概趣味云云，是指年长之后自动做学问之时而言。在年轻时候为学问打根底之际恐怕不能过分重视趣味。学问没有根底，趣味也很难滋生。任公先生的学问之所以那样的博大精深，涉笔成趣，左右逢源，不能不说的一大部分得力于他的学问根底之打得坚固。

我曾见许多年轻的朋友，聪明用功，成绩优异，而语文程度不足以达意，甚至写一封信亦难得通顺，问其故则曰其兴趣不在语文方面。又有一些朋友，执笔为文，斐然可诵，而视数理科目如仇雠，勉强才能及格，问其故则曰其兴趣不在数理方面，而且他们觉得某些科目没有趣味，便撇在一边视如敝屣，怡然自得，振振有词，略无愧色，好像这就是发扬趣味主义。殊不知天下没有有趣味的学问，端视吾人如何发掘其趣味，如果在良师指导之下按部就班地循序而进，一步一步地发现新天地，当然乐在其中，如果浅尝辄止，甚至躐等躁进，当然味同嚼蜡，自讨没趣。一个有中上天资的人，对于普通的基本的文理科目，都同样地有学习的能力，绝不会本能地长于此而拙于彼。只有懒惰与任性，才能使一个人自甘暴弃地在"趣味"的掩护之下败退。

由小学到中学，所修习的无非是一些普通的基本知识。就是大学四年，所授课业也还是相当粗浅的学识。世人常称大学为"最高学府"，这名称易滋误解，好像过此以上即无学问可言。大学的研究所才是初步研究学问的所在，在这里做学问也只能算是粗涉藩篱，注重的是研究学问的方法与实习。学无止境，一生的时间都嫌太短，所以古人皓首穷经，头发白了还是在继续研究，不过在这样的研究中确是有浓厚的趣味。

　　在初学的阶段，由小学至大学，我们与其倡言趣味，不如偏重纪律。一个合理编列的课程表，犹如一个营养均衡的食谱，里面各个项目都是有益而必需的，不可偏废，不可再有选择。所谓选修科目也只是在某一项目范围内略有拣选余地而已。一个受过良好教育的人，犹如一个科班出身的戏剧演员，在坐科的时候他是要服从严格纪律的，唱功、做功、武把子都要认真学习，各种角色的戏都要完全谙通，学成之后才能各按其趣味而单独发展其所长。

　　学问要有根底，根底要打得平正坚实，以后永远受用。初学阶段的科目之最重要的莫过于语文与数学。语文是阅读达意的工具，国文不通便很难表达自己，外国文不通便很难吸取外来的新知。数学是思想条理之最好的训练。其他科目也各有各的用处，其重要性很难强分轩轾，例如体育，从另一方面看也是重要得无以复加。总之，我们在求学时代，应该暂且把趣味放在一边，耐着性子接受教育的纪律，把自己锻炼成为坚实的材料。学问的趣味，留在将来慢慢享受一点也不迟。

雅人雅事

　　顶高顶白的一垛山墙，太没有意思，太不雅观，我们最好在上面题一首诗。在山清水秀的风景所在，题诗在壁上尤其是一件不可少的举动。然而这一件雅事只能在我们雅人最多的中国举行。谓余不信，请你环游全球的风景所在，然后再回到我们中国来，比较比较看，什么地方壁上题的诗多。

　　我说壁上题诗，是雅人雅事。

　　第一题诗非要诗人不可，这一来我们中国人就占便宜，随便张三李四都可以做两首诗。用心一点的，做出诗来有时平仄还可以着调。上海街旁告地状的朋友，哪一位不是诗中圣手？他们能够把衷肠积愫千言万语，都编成七个字一句、七个字一句的，不多不少，整整齐齐，这就不容易。他们既能告地状，便可以告墙状。我们中国诗人之多，似乎也就不难于想象了。

第二，题诗要求其历久不灭。于是在工具上不能不讲求，我们中国的笔墨是再好不过。外国人里也有一两个平仄尚调的诗人，但是一管自来水笔如何能在墙上题诗，诗兴来时只得嘴里哼哼两声了事，所以题壁的雅事不能不让我们中国人独步了。还有，题诗要题在高不可攀、深不可探的地方，才能历久不灭。寺殿上的匾额，我们若能爬上去题上一首五言绝句，别人一定不易拂拭磨灭，说不定这首诗就流传了。山谷间的摩崖，谁也不去损伤它，也是最妙的地方。所以题诗要题得满坑满谷，愈奇特的地方愈妙。然而这攀高寻幽的举动，又非雅人不办。

壁上题诗的雅人，最要紧的是胆大。诗的好坏没有大关系，只要能把墙壁上空白的地方补满，便算功德。据说有一位刻薄的人，游某名胜，看看墙上题诗甚多，皆不称意，于是也援笔立题一绝曰："放屁在高墙，如何墙不倒？细看那边时，原来抵住了！"这位先生一定是缺乏鉴赏文学的力量，才做此怪论。题诗雅人，大可不必理他。

天性不近乎诗的人，想来也不少，但是中国的墙壁的空白还有不少，为雅观起见，非要涂满不可的。很多读书识字的人早就有鉴于此，所以往往不题诗而题尊姓大名，并记来游之年月日。我们游赏名胜的时候，借此可以知道时贤足迹所之，或者也可以增加这名胜地方的历史价值，也未可知。所以壁上题名，间接着也是保存名胜的一点意思。

雅人雅事，不止一端，壁上题诗名，还是一件小事。

第二辑

平凡生活里的"诗情画意"

一个人不应当虚度一天的时光，

他至少应当听一曲好歌，

读一首好诗，

看一副好画。

如果可能的话，

至少说几句通达的话。

读画

《随园诗话》："画家有读画之说，余谓画无可读者，读其诗也。"随园老人这句话是有见地的。读是读诵之意，必有文章词句然后方可读诵，画如何可读？所以读画云者，应该是读诵画中之诗。

诗与画是两个类型，在对象、工具、手法，各方面均不相同。但是类型的混淆，古已有之。在西洋，所谓 Ut pictura poesis，"诗既如此，画亦同然"，早已成为艺术批评上的一句名言。我们中国也特别称道王摩诘的"画中有诗，诗中有画"。究竟诗与画是各有领域的。我们读一首诗，可以欣赏其中的景物的描写，所谓"历历如绘"。但诗之极致究竟别有所在，其着重点在于人的概念与情感。所谓诗意、诗趣、诗境，虽然多少有些抽象，究竟是以语言文字来表达最为适宜。我们看一幅画，可以欣赏其中所蕴藏的诗的情趣，但是并非所有的画都有诗的情趣，而且画的主要的功用是在描绘一个意象。我们说读画，实在是在画里寻诗。

"蒙娜丽莎"的微笑，即是微笑，笑得美，笑得甜，笑得有味道，但是我们无法追问她为什么笑，她笑的是什么。尽管有许多人在猜这个微笑的谜，其实都是多此一举。有人以为她是因为发现自己怀孕了而微笑，那微笑代表女性的骄傲与满足。有人说："怎见得她是因为发觉怀孕而微笑呢？也许她是因为发觉并未怀孕而微笑呢？"这样地读下去，是读不出所以然来的。会心的微笑，只能心领神会，非文章词句所能表达。像"蒙娜丽莎"这样的画，还有一些奥秘的意味可供揣测，此外像 Watts 的《希望》，画的是一个女人跨在地球上弹着一只断了弦的琴，也还有一点象征的意思可资领会，但是 Sorolla 的《二姊妹》，除了耀眼的阳光之外还有什么诗可读？再如 Sully 的《戴破帽子的孩子》，画的是一个孩子头上顶着一个破帽子，除了那天真无邪的脸上的光线掩映之外还有什么诗可读？至于 Chase 的一幅《静物》，可能只是两条死鱼翻着白肚子躺在盘上，更没有什么可说的了。

　　也许中国画里的诗意较多一点。画山水不是"春山烟雨"，就是"江皋烟树"，不是"云林行旅"，就是"春浦帆归"，只看画题，就会觉得诗意盎然。尤其是文人画家，一肚皮不合时宜，在山水画中寄托了隐逸超俗的思想，所以山水画的境界成了中国画家人格之最完美的反映。即使是小幅的花卉，像李复堂、徐青藤的作品，也有一股豪迈潇洒之气跃然纸上。

　　画中已经有诗，有些画家还怕诗意不够明显，在画面上更题上或多或少的诗词字句。自宋以后，这已成了大家所习惯接受的形式，有时候画上无字反倒觉得缺点什么。中国字本身有其艺术价值，若是题写得当，也不难看。西洋画无此便利，《拾穗人》上面若是用鹅翎管写上一首诗，那就不堪设想。在画上题诗，至少说明了一点，画里面的诗意有用文字表达的必要。一幅酣畅的泼墨画，画着有两棵大白菜，墨色浓淡之间充分表示了画家笔下控制水墨的技巧，但是画面的一角题了一行大字："不可无此味，不可有此色"，这张画的意味不同了，由纯粹的画变成了一幅具有道德价值的概念的插图。金冬心的一幅《墨梅》，篆籀纵横，密圈铁线，清癯高傲之气扑人眉宇，但是半幅之地题了这样的词句："晴窗呵冻，写寒梅数枝，胜似与猫儿狗儿盘桓也……"顿使我们的注意力由斜枝细蕊转移到那个清高的画士。画的本身应该能够表现画家所要表现的东西，不需另假文字为之说明，题画的办法有时使画不复成为纯粹的画。

我想画的最高境界不是可以读得懂的，一说到读便牵涉到文章词句，便要透过思想的程序，而画的美妙处在于透过视觉而直诉诸人的心灵。画给人的一种心灵上的享受，不可言说，说便不着。

盆景

  我小时候，看见我父亲书桌上添了一个盆景，我非常喜爱。是一盆文竹，栽在一个细高的方形白瓷盆里，似竹非竹，细叶嫩枝，而不失其挺然高举之致。凡物小巧则可爱。修篁成林，蔽不见天，固然幽雅宜人，而盆盎之间绿竹猗猗，则亦未尝不惹人怜。文竹属百合科，当时在北方尚不多见。

  我父亲为了培护他这个盆景，费了大事。先是给它配上一个不大不小的硬木架子，安置在临窗的书桌右角，高高地傲视着居中的砚田。按时浇水，自不待言，苦的是它需阳光照晒，晨间阳光晒进窗来，便要移盆就光，让它享受那片刻的煦暖。若是搬到院里，时间过久则又不胜骄阳的肆虐。每隔一两年要翻换肥土，以利新根。败枝枯叶亦须修剪。听人指点，用毛管戳土成穴，灌以稀释的芝麻酱汤，则新芽苗发，其势甚猛。有一年果然抽芽窜长，长至数尺而意犹未尽，乃用细绳吊系之，使缘窗匍行，如茑萝然。

此一盆景陪伴先君二三十年，依然无恙。后来移我书斋之内，仍能保持常态，在我凭几写作之时，为我增加情趣不少。嗣抗战军兴，家中乏人照料，冬日书斋无火，文竹终于僵冻而死。丧乱之中，人亦难保，遑论盆景！然我心中至今戚戚。

　　这一盆文竹乃购自日商。日本人好像很精于此道。所制盆栽，率皆枝条掩映，俯仰多姿。尤其是盆栽的松柏之属，能将文理盘错的千寻之树，缩收于不盈咫尺的缶盆之间，可谓巧夺天工。其实盆栽之术，源自我国，日人善于模仿，巧于推销，百年来盆栽遂亦为西方人士所嗜爱。Bonsai一语实乃中文盆栽二字之音译。

　　据说盆景始于汉唐，盛于两宋。明朝吴县人王鏊作《姑苏志》有云："虎邱人善于盆中植奇花异卉，盘松古梅，置之几案，清雅可爱，谓之盆景。"是姑苏不仅擅园林之美，且以盆景之制作驰誉于一时。刘銮《五石瓠》："今人以盆盎间树石为玩，长者屈而短之，大者削而约之，或肤寸而结果实，或咫尺而蓄虫鱼，概称盆景，元人谓之'些子景'。"些子大概是元人语，细小之意。

　　我多年来漂泊四方，所见盆景亦夥，南北各地无处无之，而技艺之精则均与时俱进。见有松柏盆景，或根株暴露，作龙爪攫拿之状，名曰"露根"。或斜出倒挂于盆口之处，挺秀多姿，俨然如黄山之"蒲团""黑虎"，名曰"悬崖"。或一株直立，或左右并生，无不于刚劲挺拔之中展露搔首弄姿之态。甚至有在浅钵之中植以枫林者，一二十株枫树集成丛林之状，居然叶红似火，一片霜林气象。种种盆景，无奇不有，纳须弥于芥子，取法乎自然。作为案头清供，诚为无上妙品。近年有人以盆景为专业，有时且公开展览，琳琅满目，洋洋大观。盆景之培养，需要经年累月，悉心经营，有时甚至经数十年之辛苦调护方能有成。或谓有历千百年之盆景古木，价值连城，是则殆不可考，非我所知。

盆景之妙虽尚自然，然其制作全赖人工。就艺术观点而言，艺术本为模仿自然。例如图画中之山水，尺幅而有千里之势。杜甫望岳，层云荡胸，飞鸟入目，也是穷目之所极而收之于笔下。盆景似亦若是，唯表现之方法不同。黄山之松，何以有那样的虬蟠之态？那并不是自然的生态。山势确峍，峭崖多隙，松生其间，又复终年的烟霞翳薄，风雨飕飕，当然枝柯虬曲，甚至倒悬，欲直而不可得。原非自然生态之松，乃成为自然景色之一部。画家喜其奇，走笔写松遂常作龙蟠虬曲之势。制盆景者师其意，纳小松于盆中，培以最少量之肥土，使之滋长而不过盛，芟之剪之，使其根部坐大，又用铅铁丝缚绕其枝干，使之弯曲作态而无法伸展自如。

艺术与自然本是相对的名词。凡是艺术皆是人为的。西谚有云：Ars est celare artem（其艺术不露人为的痕迹），犹如吾人所谓"无斧凿痕"。我看过一些盆景，铅铁丝尚未除去，好像是五花大绑，即或已经解除，树皮上也难免皮开肉绽的疤痕。这样艺术的制作，对于植物近似戕害生机的桎梏。我常在欣赏盆景的时候，联想到在游艺场中看到的一个患侏儒症的人，穿戴齐整地出现在观众面前，博大家一笑。又联想从前妇女的缠足，缠得趾骨弯折，以成为三寸金莲，作摇曳婀娜之态！

我读龚定庵《病梅馆记》，深有所感。他以为一盆盆的梅花都是匠人折磨成的病梅，用人工方法造成的那副弯曲佝偻之状乃是病态，于是他解其束缚，脱其桎梏，任其无拘无束地自然生长，名其斋为病梅馆。龚氏此文，常在我心中出现，令我憬然有悟，知万物皆宜顺其自然。盆景，是艺术，而非自然。我于欣赏之余，真想效龚氏之所为，去其盆盎，移之于大地，解其缠缚，任其自然生长。

喝茶

　　我不善品茶，不通《茶经》，更不懂什么茶道，从无两腋之下习习生风的经验。但是，数十年来，喝过不少茶，北平的双窨、天津的大叶、西湖的龙井、六安的瓜片、四川的沱茶、云南的普洱、洞庭湖的君山茶、武夷山的崖茶，甚至不登大雅之堂的茶叶梗与满天星随壶净的高末儿，都尝试过。茶是我们中国人的饮料，口干解渴，唯茶是尚。茶字，形近于荼，声近于槚，来源甚古，流传海外，凡是有中国人的地方就有茶。人无贵贱，谁都有分，上焉者细啜名种，下焉者牛饮茶汤，甚至路边埂畔也有人奉茶。北人早起，路上相逢，辄问讯"喝茶未？"茶是开门七件事之一，乃人生必需品。

　　孩提时，屋里有一把大茶壶，坐在一个有棉衬垫的藤箱里，相当保温，要喝茶自己斟。我们用的是绿豆碗，这种碗大号的是饭碗，小号的是茶碗，做绿豆色，粗糙耐用，当然和宋瓷不能比、和江西瓷不能比、和洋瓷也不能比，可是有一股朴实厚重的风貌，现在这种碗早已绝迹，我很怀念。

这种碗打破了不值几文钱，脑勺子上也不至于挨巴掌。银托白瓷小盖碗是祖父母专用的，我们看着并不羡慕。看那小小的一盏，两口就喝光，泡两三回就得换茶叶，多麻烦。如今盖碗很少见了，除非是到故宫博物院拜会蒋院长，他那大客厅里总是会端出盖碗茶敬客。再不就是在电视剧中也常看见有盖碗茶，可是演员一手执盖一手执碗缩着脖子啜茶那副狼狈相，令人发噱，因为他不知道喝盖碗茶应该是怎样的喝法。他平素自己喝茶大概一直是用玻璃杯、保温杯之类。如今，我们此地见到的盖碗，多半是近年来本地制造的"万寿无疆"的那种样式，瓷厚了一些；日本制的盖碗，样式微有不同，总觉得有些怪怪的。近有人回大陆，顺便探视我的旧居，带来我三十多年前天天使用的一只瓷盖碗，原是十二套，只剩此一套了，碗沿还有一点磕损，睹此旧物，勾起往日的心情，不禁黯然。盖碗究竟是最好的茶具。

茶叶品种繁多，各有擅场。有友来自徽州，同学清华，徽州产茶胜地，但是他看到我用一撮茶叶放在壶里沏茶，表示惊讶，因为他只知道茶叶是烘干打包捆载上船沿江运到沪杭求售，剩下来的茶梗才是家人饮用之物。恰如北人所谓"卖席的睡凉炕"。我平素喝茶，不是香片就是龙井，多次到大栅栏东鸿记或西鸿记去称茶叶，在柜台前面一站，徒弟搬来凳子让坐，看伙计秤茶叶，分成若干小包，包得见棱见角，那份手艺只有药铺伙计可以媲美。茉莉花窨过的茶叶，临卖的时候再抓一把鲜茉莉花放在表面上，所以叫做双窨。于是茶店里经常是茶香花香，郁郁菲菲。父执有名玉贵者，旗人，精于饮馔，居恒以一半香片一半龙井混合沏之，

盆景一

有香片之浓馥，兼龙井之苦清。吾家效而行之，无不称善。茶以人名，乃径呼此茶为"玉贵"，私家秘传，外人无由得知。

其实，清茶最为风雅。抗战前造访知堂老人于苦茶庵，主客相对总是有清茶一盅，淡淡的、涩涩的、绿绿的。我曾屡侍先君游西子湖，从不忘记品尝当地的龙井，不需要攀登南高峰风篁岭，近处平湖秋月就有上好的龙井茶，开水现冲，风味绝佳。茶后进藕粉一碗，四美具矣。正是"穿牖而来，夏日清风冬日日；卷帘相见，前山明月后山山。"（骆成骧联）有朋自六安来，贻我瓜片少许，叶大而绿，饮之有荒野的气息扑鼻。其中西瓜茶一种，真有西瓜风味。我曾过洞庭，舟泊岳阳楼下，购得君山茶一盒。沸水沦之，每片茶叶均如针状直立漂浮，良久始舒展下沉，味品清香不俗。

初来台湾，粗茶淡饭，颇想倾阮囊之所有在饮茶一端偶做豪华之享受。一日过某茶店，索上好龙井，店主将我上下打量，取八元一斤之茶叶以应，余示不满，乃更以十二元者奉上，余仍不满，店主勃然色变，厉声曰："买东西，看货色，不能专以价钱定上下。提高价格，自欺欺人耳！先生奈何不察？"我爱其憨直。现在此茶店门庭若市，已成为业中之翘楚。

此后我饮茶，但论品味，不问价钱。

茶之以浓酽胜者莫过于功夫茶。《潮嘉风月记》说功夫茶要细炭初沸连壶带碗泼浇，斟而细呷之，气味芳烈，较嚼梅花更为清绝。我没嚼过梅花，不过我旅居青岛时有一位潮州澄海朋友，每次聚饮酩酊，辄相偕走访一潮州帮巨商于其店肆。肆后有密室，烟具、茶具均极考究，小壶小盅有如玩具。更有娈婉丱童伺候煮茶伺候煮茶、烧烟，因此经常饱吃功夫茶，诸如铁观音、大红袍，吃了之后还携带几匣回家。不知是否故弄玄虚，谓炉火与茶具相距以七步为度，沸水之温度方合标准。举小盅而饮之，若饮罢径自返盅于盘，则主人不悦，须举盅至鼻头猛嗅两下。这茶最有解酒之功，如嚼橄榄，舌根微涩，数巡之后，好像是越喝越渴，欲罢不能。喝功夫茶，要有工夫，细呷细品，要有设备，要人服侍，如今乱糟糟的社会里谁有那么多的工夫？红泥小火炉哪里去找？伺候茶汤的人更无论矣。普洱茶，漆黑一团，据说也有绿色者，泡烹出来黑不溜秋，粤人喜之。在北平，我只在正阳楼看人吃烤肉，吃得口滑肚子膨亨不得动弹，才高呼堂倌泡普洱茶。四川的沱茶亦不恶，惟一般茶馆应市者非上品。台湾的乌龙，名震中外，大量生产，佳者不易得。处处标榜冻顶，事实上哪里有那么多的冻顶？

喝茶，喝好茶，往事如烟。提起喝茶的艺术，现在好像谈不到了，不提也罢。

写字

  在从前，写字是一件大事，在"念背打"教育体系当中占一个很重要的位置，从描红模子的横平竖直，到写墨卷的黑大圆光，中间不知有多大艰苦。记得小时候写字，老师冷不防地从你脑后把你的毛笔抽走，弄得你一手掌的墨，这证明你执笔不坚，是要受惩罚的。这样恶作剧还不够，有的在笔管上套大铜钱，一个，两个，乃至三四个，摇动笔管只觉头重脚轻，这原理是和国术家腿上绑沙袋差不多，一旦解开重负便会身轻似燕极尽飞檐走壁之能事，如果练字的时候笔管上驮着好几两重的金属，一旦握起不加附件的竹管，当然会龙飞蛇舞，得心应手了。写一寸径的大字，也有人主张用悬腕法，甚至悬肘法，写字如站桩，挺起腰板，咬紧牙关，正襟危坐，道貌岸然，在这种姿态中写出来的字，据说是能力透纸背。现代的人无需受这种折磨。"科举"已经废除了，只会写几个"行""阅""如拟""照办"，便可为官。自来水笔代替了毛笔，横行左行也可以应酬问世，写字一道，渐渐地要变成"国粹"了。

当作一种艺术看，中国书法是很独特的。因为字是艺术，所以什么"永字八法"之类的说数，其效用也就和"新诗作法""小说作法"相差不多，绳墨当然是可以教的，而巧妙各有不同，关键在于个人。写字最容易泄露一个人的个性，所谓"字如其人"大抵不诬。如果每个字都方方正正，其人大概拘谨；如果伸胳臂拉腿的都逸出格外，其人必定豪放；字瘦如柴，其人必如排骨；字如墨猪，其人必近于"五百斤油"。所以郑板桥的字，就应该是那样的倾斜古怪，才和他那吃狗肉傲公卿的气概相称，颜鲁公的字就应该是那样的端庄凝重，才和他的临难不苟的品格相合，其间无丝毫勉强。

在"文字国"里，需要写字的地方特别多，擘窠大字至蝇头小楷，都有用途。可惜的是，写字的人往往不能用其所长，且常用错了地方。譬如，凿石摹壁的大字，如果不能使山川生色，就不如给当铺、酱园写写招牌，至不济也可以给煤栈写"南山高煤"。有些人的字不宜在壁上题诗，改写春联或"抬头见喜"就合适得多。有的人写字技术非常娴熟，在茶壶盖上写"一片冰心"是可以胜任的，却偏爱给人题跋字画。中堂条幅对联，其实是人人都可以写的，不过悬挂的地点应该有个分别，有的宜于挂在书斋客堂，有的宜于挂在饭铺理发馆，求其环境配合，气味相投，如是而已。

"善书者不择笔"，此说未必尽然，秃笔写铁线篆，未尝不可，临赵孟頫《心经》就有困难。字写得坚挺俊俏，所用大概是尖毫。

笔墨纸砚，对于字的影响是不可限量的。有时候写字的人除了工具之外还讲究一点特殊的技巧，最妙者无过于某公之"一笔虎"，八尺的宣纸，布满了一个虎字，气势磅礴，一气呵成，尤其是那一直竖，顶天立地的笔直一根杉木似的，煞是吓人。据说，这是有特别办法的，法用马弁一名，牵着纸端，在写到那一竖的时候把笔顿好，喊一声"拉"，马弁牵着纸就往后扯，笔直的一竖自然完成。

写字的人有瘾，瘾大了就非要替人写字不可，看着人家的白扇面，就觉得上面缺点什么，至少也应该有"精气神"三个字。相传有人爱写字，尤其是爱写扇子，后来腿坏，以至无扇可写；人问其故，原来是大家见了他就跑，他追赶不上了。如果字真写到好处，当然不需腿健，但写字的人究竟是腿健者居多。

音乐

一个朋友来信说："……我从来没有像现在这样烦恼过。住在我的隔壁的是一群在×××服务的女孩子，一回到家便大声歌唱，所唱的无非是些××歌曲，但是她们唱的腔调证明她们从来没有考虑过原制曲者所要产生的效果。我不能请她们闭嘴，也不能喊'通'！只得像在理发馆洗头时无可奈何地用棉花塞起耳朵来。……"

我同情于这位朋友，但是他的烦恼不是他一个人有的。我常想，音乐这样东西，在所有的艺术里，是最富于侵略性的。别种艺术，如图画雕刻，都是固定的，你不高兴欣赏便可以不必寓目，各不相扰；唯独音乐，声音一响，随着空气波荡而来，照直侵入你的耳朵，而耳朵平常都是不设防的，只得毫无抵御地任它震荡刺激。自以为能书善画的人，诚然也有令人不舒服的时候。据说有人拿着素扇跪在一位书画家面前，并非敬求墨宝，而是求他高抬贵手，别糟蹋他的扇子。这究竟是例外情形。书画家并不强迫人家瞻仰他的作品，而所谓音乐也者，则对于凡是在音波所及的范围以内的人，一律强迫接受，也不管其效果是沁人肺腑，抑是令人作呕。

我的朋友对隔壁音乐表示不满，那情形还不算严重。我曾经领略过一次四人合唱，使我以后对于音乐会一类的集会轻易不敢问津。一阵彩声把四位歌者送上演台，钢琴声响动，四位歌者同时张口，我登时感觉有五种高低疾徐全然不同的调子乱擂我的耳鼓，四位歌者唱出四个调子，第五个声音是从钢琴里发出来的！五缕声音搅作一团，全不和谐。当时我就觉得心旌颤动，飘飘然如失却重心，又觉得身临歧路，彷徨无主的样子。我回顾四座，大家都面面相觑，好像都各自准备逃生，一种分崩离析的空气弥漫于全室。像这样的音乐是极伤人的。

"音乐的耳朵"不是人人有的，这一点我承认，也许我就是缺乏这种耳朵。也许是我的环境不好，使我的这种耳朵，没有适当地发育。我记得在学校宿舍里住的时候，对面楼上住着一位音乐家，还是"国乐"，每当夕阳下山，他就临窗献技，引吭高歌，配着胡琴他唱："我好比……"，在这时节我便按捺不住，颇想走到窗前去大声地告诉他，他好比是什么。我顶怕听胡琴，北平最好的名手 ×× 我也听过多少次数，无论他技巧怎样纯熟，总觉得唧唧的声音像是指甲在玻璃上抓。别种乐器，我都不讨厌，曾听古琴弹奏一段《梧桐雨》，琵琶乱弹一段《十面埋伏》，都觉得那确是音乐，唯独胡琴与我无缘。莎士比亚的《威尼斯商人》里曾说起有人一听见苏格兰人的风笛便要小便，那只是个人的怪癖。我对胡琴的反感亦只是一种怪癖吧？皮黄戏里的青衣花旦之类，在戏院广场里令人毛发倒竖，若是清唱则尤不可当，嘤然一叫，我本能的要抬起我的脚来，生怕是脚底下踩了谁的脖子！近听汉戏，黑头花脸亦唧唧锐叫，令人坐立不安；秦腔尤为激昂，常令听者随之手忙脚乱，不能自已。我可以听音乐，但若声音发自人类的喉咙，我便看不得粗了脖子红了脸的样子。我看着危险！我着急。

真正听京戏的内行人怀里揣着两包茶叶，踱到边厢一坐，听到妙处，摇头摆尾，随声击节，闭着眼睛体味声调的妙处，这心情我能了解，但是他付了多大的代价！他听了多少不愿听的声音才能换取这一点音乐的陶醉！到如今，听戏的少，看戏的多。唱戏的亦竞以肺壮气长取胜，而不复重韵味，唯简单节奏尚是多数人所能体会，铿锵的锣鼓，油滑的管弦，都是最简单不过的，所以缺乏艺术教养的人，如一般大腹贾、大人先生、大学教授、大家闺秀、大名士、大豪绅，都趋之若鹜，自以为是在欣赏音乐！

在中西文化的交流中，我们的音乐（戏剧除外）也在蜕变，从"毛毛雨"起以至于现在流行×××之类，都是中国小调与西洋某一级音乐的混合，时而中菜西吃，时而西菜中吃，将来成为怎样的定型，我不知道。我对音乐既不能做丝毫贡献，所以也很坦然地甘心放弃欣赏音乐的权利，除非为了某种机缘必须"共襄盛举"不得不到场备员。至于像我的朋友所抱怨的那种隔壁歌声，在我则认为是一种不可避免的自然现象，恰如我们住在屠宰场的附近便不能不听见猪叫一样，初听非常凄绝，久后亦就安之。夜深人静，荒凉的路上往往有人高唱："一马离了西凉界，……"

我原谅他，他怕鬼，用歌声来壮胆，其行可恶，其情可悯。但是在天微明时练习吹喇叭，则是我所不解。"嗒——嗒——嗒——嘀——"一声比一声高，高到声嘶力竭，吹喇叭的人显然是很吃苦，可是把多少人的睡眠给毁了，为什么不在另一个时候练习呢？

在原则上，凡是人为的音乐，都应该宁缺毋滥。因为没有人为的音乐，顶多是落个寂寞。而按其实，人是不会寂寞的。小孩的哭声，笑声，小贩的吆喝声，邻人的打架声，市里的喧阗声，到处"吃饭了么？""吃饭了么？"的原是应酬而现在变成性命交关的问答声——实在寂寞极了，还有村里的鸡犬声！最令人难忘的还有所谓天籁。秋风起时，树叶飒飒的声音，一阵阵袭来，如潮涌、如急雨、如万马奔腾、如衔枚疾走；风定之后，细听还有枯干的树叶一声声地打在阶上。秋雨落时，初起如蚕食桑叶，窸窸窣窣，继而淅淅沥沥，打在蕉叶上清脆可听。风声雨声，再加上虫声鸟声，都是自然的音乐，都能使我发生好感，都能驱除我的寂寞，何贵乎听那"我好比……我好比……"之类的歌声？然而此中情趣，不足为外人道也。

相声记

我要记的不是听相声，而是我自己说相声。

在抗战期间有一次为了筹什么款开游艺大会，有皮黄，有洋歌，有杂耍，少不了要一段相声。后台老板瞧中了老舍和我，因为我们两个平素就有点儿贫嘴贱舌，谈话就有一点像相声，而且焦德海、草上飞也都瞻仰过。别的玩艺儿不会，相声总还可以凑合。老舍的那一口北平话真是地道，又干脆又圆润又沉重，而且土音土语不折不扣，我的北平话稍差一点儿，真正的北平人以为我还行，外省人而自以为会说官话的人就认为我说得不大纯粹。老舍的那一张脸，不用开口就够引人发笑，老是绷着脸，如果龇牙一笑，能立刻把笑容敛起，像有开关似的。头顶上乱蓬蓬的一撮毛，没梳过，倒垂在又黑又瘦的脸庞上。衣领大约是太大了一点儿，扣上纽扣还是有点儿松，把那个又尖又高的"颏里嗦（北平土话，谓喉结）"露在外面。背又有点儿驼，迈着八字步，真是个相声的角色。我比较起来，就只好去当那个挨打的。我们以为这事关抗战，义不容辞，于是就把这份差事答应了下来。老舍挺客气，决定头一天他逗我捧，第二天我逗他捧。不管谁逗谁捧，事实上我总是那个挨打的。

本想编一套新词儿，要与抗战有关，那时候有这么一股风气，什么都讲究抗战，在艺坛上而不捎带上一点儿抗战，有被驱逐出境的危险。老舍说："不，这玩艺儿可不是容易的，老词儿都是千锤百炼的，所谓雅俗共赏，您要是自己编，不够味儿。咱们还是挑两段旧的，只要说得好，陈旧也无妨。"于是我们选中了《新洪洋洞》《一家六口》。老舍的词儿背得烂熟，前面的帽子也一点儿不含糊，真像是在天桥长大的。他口授，我笔记。我回家练了好几天，醒来睁开眼就嚷："你是谁的儿子……我是我爸爸的儿子……"家里人听得直腻烦。我也觉得一点儿都不好笑。

练习熟了，我和老舍试着预演一次。我说爸爸儿子的乱扯，实在不大雅，并且我刚说爸爸二字，他就"啊"一声，也怪别扭的。他说："不，咱们中国群众就爱听这个，相声里面没有人叫爸爸就不是相声。这一节可千万删不得。"对，中国人是觉得当爸爸是便宜事。这就如同做人家的丈夫也是便宜事一样。我记得抬滑竿的前后二人喜欢一唱一答，如果他们看见迎面走来一位摩登女郎，前面的就喊："远看一朵花，"后面的接声说："叫我的儿子喊他妈！"我们中国人喜欢在口头上讨这种阿Q式的便宜，所谓"夜壶掉了把儿——就剩了一个嘴了"。其实做了爸爸或丈夫，是否就是便宜，这笔账只有天知道。

照规矩说相声得有一把大折扇，到了紧要关头，敲在头上，啪的一声，响而不疼。我说："这可以免了。"老舍说："行，虚晃一下好了，别真打。可不能不有那么一手儿，否则煞不住。"

一切准备停当，游艺大会开幕了，我心里直扑通。我先坐在池子里听戏，身旁一位江苏模样的人说了："你说什么叫相声？"旁边另一位高明的人说："相声，就是昆曲。"我心想真糟。

锣鼓歇了，轮到相声登场。我们哥儿俩大摇大摆地踱到台前，深深地向观众鞠了一躬，然后一边一个，面部无表情，直挺挺地一站，两件破纺绸大褂，一人一把大扇子。台下已经笑不可抑。老舍开言道："刚才那个小姑娘的洋歌唱得不错。"我说："不错！"一阵笑。"现在咱们两个小小子儿伺候一段相声"，又是一阵笑。台下的注意力已经被抓住了。后台刚勾上半个脸的张飞也蹭到台上听来了。

老舍预先嘱咐我，说相声讲究"皮儿薄"，一戳就破。什么叫"皮儿薄"，就是说相声的一开口，底下就得立刻哗地一阵笑，一点儿不费事。这一回老舍可真是"皮儿薄"，他一句话，底下是一阵笑，我连捧的话都没法说了，有时候我们需要等半天笑的浪潮消下去之后才能继续说。台下越笑，老舍的脸越绷，冷冰冰的像是谁欠他二百两银子似的。

最令观众发笑的一点是我们所未曾预料到的。老舍一时兴起，忘了他的诺言，他抽冷子恶狠狠地拿扇子往我头上敲来，我看他来势不善往旁一躲，扇子不偏不倚地正好打中我的眼镜框上，眼镜本来很松，平常就往往出溜到鼻尖上，这一击可不得了，哗啦一声，眼镜掉下来了，我本能地两手一捧，把眼镜接住了。台下鼓掌喝彩大笑，都说这一手儿有功夫。

我们的两场相声，给后方的几百个观众以不少的放肆的大笑，可是我很惭愧，内容与抗战无关。人生难得开口笑，我们使许多愁眉苦脸的人开口笑了。事后我在街上行走，常有人指指点点地说："看，那就是那个说相声的！"

画展

　　我参观画展，常常感觉悲哀。大抵一个人不到山穷水尽的时候，不肯把他所能得到的友谊一下子透支净尽，所以也就不会轻易开画展。门口横挂着一条白布，如果把上面的"画展"二字掩住，任何人都会疑心是追悼会。进得门去"一片缟素"，仔细一看，是一幅幅的画，三三两两的来宾在那里指指点点、叽叽喳喳，有的苦笑，有的撇嘴，有的愁眉苦脸，有的挤眉弄眼，大概总是面带戚容者居多。屋角里坐着一个蓬首垢面的人，手心上直冒冷汗，这一位大概就是精通六法的画家。好像这不是欣赏艺术的地方，而是仁人君子解囊救命的地方。这一幅像八大山人，那一幅像石涛，幅幅后面都隐现着一个面黄肌瘦嗷嗷待哺的人影，我觉得惨。

　　任凭你参观的时候是多么早，总有几十幅已经标上了红签，表示已被人赏鉴而订购了。可能是真的。因为现在世界上是有一种人，他有力量造起亭台楼阁，有力量设备天棚鱼缸石榴树肥狗胖丫头，偏偏白汪汪的墙上缺少几幅画。这种人很聪明，他的品位是相当高的，他不肯在大厅上挂起《福禄寿三星》，也不肯挂《刘海戏金蟾》，因为这是他心里早已有的，一闭眼就看得清清楚楚用不着再挂在面前，他要的是近似四王、吴、恽甚至元四大家之类的货色。这一类货色是任何画展里都不缺乏的，所以我说那些红签可能是真的，虽然是在开幕以前即已成交。不过也不一定全是真的，第一天三十个红签，如果生意兴隆，有些红签是要赶快取下的，免得耽误了真的顾主，所以第二天就许只剩二十个红签，千万不要以为有十个悬崖勒马的人又退了货。

一幅画如何标价，这虽不见于六法，确是一种艺术。估价要根据成本，此乃不易之论。纸张的质料与尺寸，一也；颜料的种类与分量，二也；裱褙的款式与工料，三也；绘制所用之时间与工力，四也；题识者之身份与官阶，五也——这是全要顾虑到的，至于画的本身之优劣，可不具论。于成本之外应再加多少赢利，这便要看各人心地之薄与脸皮之厚到如何程度了。但亦有两个学说：一个是高抬物价，一幅枯树牛山，硬标上惊人的高价，观者也许咋舌，但是谁也不愿对于风雅显着外行，他至少也要赞叹两声，认为是神来之笔，如果一时糊涂就许订购而去；一个是廉价多卖，在求人订购的时候比较地易于启齿而不太伤感情。

画展闭幕之后，画家的苦难并未终止。他把画一轴轴的毕恭毕敬地送到顾主府上，而货价的交割是遥遥无期的。他需要踵门乞讨。如果遇到"内有恶犬"的人家，逡巡不敢入，勉强叩门而入，门房的颜色更可怕，先要受盘查，通报之后主人也许正在午睡或是有事不能延见，或是推托改日再来，这时节他不能急，他要隐忍，要有艺术家的修养。几曾看见过油盐店的伙计讨账敢于发急？

　　画展结束之后，检视行箧，卖出去的是哪些，剩下的是哪些，大概可得如下之结论：着色者易卖，山水中有人物者易卖，花卉中有翎毛者易卖，工细而繁复者易卖，霸悍粗犷吓人惊俗者易卖，章法奇特而狂态可掬者易卖，有大人先生品题者易卖。总而言之，有卖相者易于脱手，无卖相者便"只供自怡悦"了。绘画艺术的水准就在这买卖之间无形中被规定了。下次开画展的时候，多点石绿，多泼胭脂。山水里不要忘了画小人儿，"空亭不见人"是不行的；花卉里别忘了画只鸟儿，至少也要是一只螳螂、知了；要细皴细点，要回环曲折，要有层峦叠嶂，要有亭台楼阁，用大笔，用枯墨，一幅山水可以画得天地头不留余地，五尺挺宣也可以描上三朵梅花而尽其空白。在画法上是之谓"画蠹"，在画展里是之谓"成功"。

　　有人以为画展之事是附庸风雅，无补时艰。我倒不这样想。写字、刻印，以及辞章考证，哪一样又有补时艰？画展只是一种市场，有无相易，买卖自由，不愧于心，无伤大雅。我怕的是，《蜀山图》里画上一辆卡车，《寒林图》里画上一架飞机。

谈
时
间

一

看报

　　早晨起来，盥洗完毕，就想摊开报纸看看。或是斜靠在沙发上，跷起一条腿，仰着脖子，举着报纸看。或是铺在桌面上，摘下老花眼镜，一目十行或十目一行地看。或是携进厕所，细吹细打、翻来覆去地看。各极其态，无往不利。假使没有报看，这一天的秩序就要大乱，浑身不自在，像是硬断毒瘾所谓的"冷火鸡"。翻翻旧报纸看看，那不对劲，一定要热烘烘地刚从报馆出炉的当天的报纸看了才过瘾。报纸上有什么东西这样摄人魂魄令人倾倒？惊天动地的新闻、回肠荡气的韵事，不是天天有的。不过，大大小小的贪赃枉法的事件、形形色色的社会新闻，以及五花八门的副刊，多少都可以令人开胃醒脾，耳目一新。抛下报纸便可心安理得地去做一个人一天该做的事去了。有些人肝火旺，看了报上少不了的一些不公道的事、颠顸糊涂的事、泄气的事、腌臜的事，不免吹胡瞪眼，破口大骂。这也好，让他发泄一下免得积郁成疾。也有些人专门识小，何处失火、何人跳楼、何家遭窃、何人被绑，乃至于哪家的猪有五条腿、哪家的孩子有两个头，都觉得趣味横生，可资谈助。报纸的诱惑力实在太大了，怎可一日无此君？

我看报也有瘾。每天四五份报纸，幸亏大部分雷同，独家报道并不多，只有副刊争奇竞秀各有千秋，然而浏览一过择要细看，差不多也要个把钟头。有时候某一报纸缺席，心里辄为之不快，但是想想送报的人长年地栉风沐雨，也许有个头痛脑热，偶尔歇工，也就罢了。过阴历年最难堪，报馆休假好几天，一张半张地凑合，乏味之至。直到我自己也在报馆做一点事，才体会到报人也需要逢年轻松几天，这才能设身处地不忍深责。

报纸以每日三张为限，广告至少占去一半以上，这也有好处，记者先生省却不少编撰之劳，广告客户大收招徕生意之效，读者亦可节省一点宝贵时间。就是广告有时也很有趣。近年来结婚启事好像少了，大概是因为红色炸弹直接投寄收效较宏。可是讣闻还是相当多，尤其是死者若是身兼若干董监事，则一排讣闻分别并列，蔚为壮观。不知是谁曾经说过："你要知道谁是走方郎中江湖庸医嘛，打开报纸一索便得。"可是医师的广告渐渐少了，药物广告也不若以前之多了。密密麻麻的分类广告，其中藏龙卧虎，有时颇有妙文，常于无意中得之。

报纸以三张为限，也很好。看完报纸如何打发，是一个问题，沿街叫喊"酒干倘卖无"的人好像现已不常见。外国的报纸动辄一百多页，星期天的报纸多到五百页不算稀奇。报童送报无论是背负还是小车拉曳，都有不胜负荷之状。看完报纸之后通常是积有成数往垃圾桶里一丢，也有人不肯暴殄天物，一大批一大批地驾车送到指定地点做打纸浆之用。我们报纸张数少，也够麻烦，一个月积攒下来也够一大堆，小小几平方米的房间如何装得下？不知有人想到过没有，旧报纸可以拿去做纸浆，收物资循环之效。

从前老一辈的人，大概是敬惜字纸，也许是爱惜物资，看完报纸细心折叠，一天一沓，一月一捆，结果是拿去卖给小贩，小贩拿去卖给某些店铺，作为包装商品之用。旧报纸如何打发固是问题，我较更关心的是：看报似乎也有看报的道德，无论在什么场合，看完报纸应该想到还有别人要看，所以应该稍加整理、稍加折叠。我不期望任谁看过报纸还能折叠得见棱见角，如军事管理之叠床被要叠得像一块豆腐干，那是陈义过高近于奢望，但是我也看不得报纸凌乱地抛在桌上、椅上、地上，像才经过一场洗劫。

有一阵电视上映出两句标语："饭前洗手，饭后漱口"。实在很好，功德无量。我发现看完报纸之后也要洗手。看完报纸之后十根手指像是刚搓完煤球。外国报纸好像污染得好一些，我不知道他们用的油墨是什么牌子的。

看报也常误事。我一年之内有过因为看报，而烧黑了三个煮菜锅的记录。这是我对于报纸的功能之最高的称颂。报纸能令人忘记锅里煮着东西！

听戏，不是看戏

　　从前在北平，大家都说听戏，不大说看戏。这一字之差，关系甚大。我们的旧戏究竟是以唱为主，所谓载歌载舞，那舞实在是比较地没有什么可看的。我从小就喜欢听戏，常看见有人坐在戏园子的边厢下面，靠着柱子，闭着眼睛，凝神危坐，微微地摇晃着脑袋，手轻轻地敲着板眼，聚精会神地欣赏那台上的歌唱，遇到一声韵味十足的唱，便像是搔着了痒处一般，从丹田里吼出一声："好！"若是发现唱出了错，便毫不容情地来一声倒好。这是真正的观众，是他来维系戏剧的水准于不坠。当然，他的眼睛也不是老闭着，有时也要睁开的。

　　生长在北平的人几乎没有不爱听戏的，我自然亦非例外。我起初是很怕进戏园子的，里面人太多太挤，座位太不舒服。记得清清楚楚，"文明茶园"是我常去的地方，全是窄窄的条凳，窄窄的条桌，而并不面对舞台，要看台上的动作便要扭转脖子扭转腰。尤其是在夏天，大家都打赤膊，而我从小就没有光脊梁的习惯，觉得大庭广众之中赤身露体怪难为情，而你一经落座就有热心招待的茶房前来接衣服，给一个半劈的木牌子。这时节，你环顾四周，全是一扇一扇的肉屏风，不由得你不随着大家而肉袒，前后左右都是肉，白皙皙的，黄澄澄的，黑黝黝的，置身其中如入肉林。（那时候戏园里的客人全是男性，没有女性。）这虽颇富肉感，但绝不能给人以愉快。戏一演便是四五个钟头，中间如果想要如厕，需要在肉林中挤出一条出路，挤出之后那条路便翕然而阖，回来时需要重新另挤出一条路。所以常视如厕如畏途，其实不是畏途，只有畏，没有途。

对戏园的环境并无需做太多的抱怨。任何样的环境，在当时当地，必有其存在的理由。戏园本称茶园，原是喝茶聊天的地方，台上的戏原是附带着的娱乐节目。乱哄哄地高谈阔论是无可厚非的。那原是三教九流呼朋唤友消遣娱乐之所在。孩子们到了戏园可以足吃，花生瓜子不必论，冰糖葫芦、酸梅汤、油糕、奶酪、豌豆黄……应有尽有。成年人的嘴也不闲着，条桌上摆着干鲜水果蒸食点心之类。卖吃食的小贩大声吆喝，穿梭似地挤来挤去，又受欢迎又讨厌。打热手巾把的茶房从一个角落把一卷手巾掷到另一角落，我还没看见过失手打了人家的头。特别爱好戏的一位朋友曾经表示，这是戏外之戏，那洒了花露水的手巾尽管是传染病的最有效的媒介，也还是不可或缺。

在这样的环境里听戏，岂不太苦？苦自管苦，却也乐在其中。放肆是我们中国固有的美德之一。在戏园里人人可以自由行动、吃、喝、谈话、吼叫、吸烟、吐痰、小儿哭啼、打喷嚏、打呵欠、揩脸、打赤膊，小规模地拌嘴吵架争座位，一概没有人干涉。在哪里可以找到这样完全的放肆的机会？看外国戏园观众之穿起大礼服肃静无哗，那简直是活受罪！我小时候进戏园，深感那是另一个世界，对于戏当然听不懂，只能欣赏丑戏武戏，打出手，递家伙，尤觉有趣。记得我最喜欢的是九阵风的戏，如《百草山》《泗州城》之类，于是我也买了刀枪之类在家里和我哥哥大打出手，有一两招也居然练得不错。从三四张桌子上硬往下摔壳子的把戏，倒是没敢尝试。有一次模拟《打棍出箱》范仲禹把鞋一甩落在头上的情景，我哥哥一时不慎把一只大毛窝斜刺里踢在上房的玻璃窗上，哗啦一声，除了招致家里应有的责罚之外，惊醒了我的萌芽中的戏瘾戏迷。后来年纪稍长，又复常常涉足戏园，正赶上一批优秀的演员在台上献技，如陈德琳、刘鸿升、龚云甫、德珺如、裘桂仙、梅兰芳、杨小楼、王长林、王凤卿、王瑶卿、余叔岩等等，我渐渐能欣赏唱戏的韵味了，觉得在那乱糟糟的环境之中熬上几个小时还是值得一付的代价，只要能听到一两段韵味十足的歌唱，便觉得那抑扬顿挫使人如醉如迷，使全身血液的流行都为之舒畅匀称。研究西洋音乐的朋友也许要说这是低级趣味。我没有话可以抗辩，我只能承认这就是我们人民的趣味，而且大家都很安于这种趣味。这样乱糟糟的环境，必须有相当良好的表演艺术家才能控制住听众的注意力。前几出戏都照例的是不足观，等到好戏上场，名角一露面，场里立刻雅雀无声，不知趣的"酪来酪"声会被嘘的。受半天罪，能听到一段回肠荡气的唱儿，就很值得，"余音绕梁，三日不绝"，确是真有那种感觉。

后来，不知怎么，老伶工一个个地凋谢了，换上来的是一批较年轻的角色，这时候有人喊着要改良戏剧，好像艺术是可以改良似的。我只知道一种艺术形式过了若干年便老了，衰了，死了，另外滋生一个新芽，却没料到一种艺术成熟衰老之后还可以改良。首先改良的是开放女禁，这并没有什么可反对的，可是一有女客之后，戏里面的涉有猥亵的地方便大大删除了，在某种意义上有人认为这好像是个损失。台面改变了，由凸出的三面的立体式的台变成了画框式的台了，新剧本出现了，新腔也编出来了，新的服装道具一齐来了。有一次看尚小云演《天河配》，这位人高马大的演员穿着紧贴身的粉红色的内衣裤作裸体沐浴状，观众乐得直拍手，我说："完了，完了，观众也变了！"有什么样的观众就有什么样的戏。听戏的少了，看热闹的多了。

　　我老早就离开北平，与戏也就疏远了，但小时候还是听过好戏，一提起老生心里就泛起余叔岩的影子，武生是杨小楼，老旦是龚云甫，青衣是王瑶卿、梅兰芳，小生是德珺如，刀马旦是九阵风，丑是王长林……有这种标准横亘在心里，便容易兴起"除却巫山不是云"之感。我常想，我们中国的戏剧就像毛笔字一样，提倡者自提倡，大势所趋，怕很难挽回昔日的光荣。时势异也。

听戏、看戏、读戏

　　我小时候喜欢听戏，在北平都说听戏，不说看戏。真正内行的听众，他不挑拣座位，在池子里能有个地方就行，"吃柱子"也无所谓，在边厢暗处找个座位就可以，沏一壶茶，眯着眼，歪歪斜斜地缩在那里——听戏。实际上他听的不是戏，是某一个演员的唱。戏的主要部分是歌唱。听到一句回肠荡气的唱腔，如同搔着痒处一般，他会猛古丁地带头喊一声："好！"若是听到不合规矩荒腔走板的调子，他也会毫不留情地送上一个倒彩。真是"曲有误，周郎顾"。

　　我没有那份素养，当然不足以语此，但是我在听戏之中却是得到了一种精神上的满足。我自己虽不会唱，顶多是哼两声，但是却常被那节奏与韵味所陶醉。凡是爱听戏的人都有此经验。戏剧之所以能掌握住大众的兴趣，即以此故，戏的情节没有太大的关系，纵然有迷信的成分或是不大近情近理，都没有关系，反正是那百十来出的戏，听也听熟了，要注意的是演员之各有千秋的唱功。甚至演员的扮相也不重要，例如德珺如的小生，那张驴脸实在令人不敢承教，但是他唱起来硬是清脆可听。至于演员的身段、化妆、行头，以及台上的切末道具，更是次焉者也。

因为戏的重点在唱，而唱工优秀的演员不易得，且其唱工一旦登峰造极，厥后在戏剧界即有难以为继之叹，一切艺术皆是如此。自民初以后，戏剧一直在走下坡。其式微之另一个原因是观众的素质与品位变了。戏剧的盛衰，很大部分取决于观众，此乃供求之关系，势所必至。而观众受社会环境变迁之影响，其素质与品位又不得不变。新文化运动以来，论者对于戏剧常有微词，或指脸谱为野蛮的遗留，或谓剧情不外奖善惩恶之滥调，或曰男扮女角为不自然，或诋剧词之常有鄙陋不通之处……诸如此类，皆不无见地，然实未搔着痒处。也有人倡为改良之议，诸如修改剧本、润色戏词、改善背景、增加幔幕，遮隔文武场面等等，均属可行，然亦未触及基本问题之所在。我们的戏属于歌剧类型，其灵魂在唱歌。这样的戏被这样的观众所长期地欣赏，已成为我们的传统文化的一个项目。是传统，即不可轻言更张。振衰起敝之道在于有效地培养演员，旧的科班制度虽非尽善，有许多地方值得保存。俗语说："三年出一个状元，三十年不见得能出一个好演员。"人才难得，半由天赋，半由苦功。培养演员，固然不易，培养观众其事尤难，观众的品位受多方的影响，控制甚难。大势所趋，歌剧的前途未可乐观。

戏还是要看的，不一定都要闭着眼睛听。不过我们的戏剧的特点之一是所有动作多以象征为原则，不走写实的路子。因为戏剧受舞台构造的限制，三面都是观众，无幕无景，地点可以随时变，所以不便写实。说它是原始趣味也可，说它具有象征艺术的趣味亦可。这种作风怕是要保留下去的。记得尚小云有一回演《天河配》，在出浴一场中，这位高头大马的演员穿着紧身的粉红色卫生衣裤真个地挥动纱带做出水芙蓉状！有人为之骇然，也有人为之鼓掌叫绝。我觉得这是旧剧的堕落。

话剧是由外国引进来的东西。旧剧即使不堕落，话剧的兴起，其势也是不可遏的。话剧的组成要件是动作与对白，和歌剧大异其趣。从文明新戏起到晚近的话剧运动，好像尚未达到成熟的阶段。其间有很长一段是模仿外国作品，也模仿易卜生，也模仿奥尼尔，似是无可讳言。话剧虽然不唱，演员的对白却不是简单事，如何咬字吐音，使字字句句送到全场观众的耳边，需要研究苦练，同时也需要天赋。话剧常常是由学校领头演出，中外皆然，当然学校戏剧也常有非常出色的成绩，不过戏剧演出必须职业化，然后才能期望有较高的艺术水准。

话剧的主流是写实的，可以说是真正的"人生的模拟"。故导演的手法，背景的安排，灯光的变化，服装的设计，无一不重要，所以制造戏剧的效果，使观众从舞台上的表演中体会出一段有意义的人生。戏剧不可过分迎合观众趣味，否则其娱乐性可能过分增高，而其艺术的严重性相当地减少。

在现代商业化的社会里，话剧的发展是艰苦的。且以英国著名演员劳伦斯·奥利弗爵士为例，他的表演艺术在如今是登峰造极的一个，他说：

"我现在拍电影，人们总是在报上批评我。'为什么拍这些垃圾？'我告诉你什么原因：找钱送三个孩子上学，养家，为他们将来有好日子……"奥利弗如此，其他演员无论矣。我们此时此地倡导话剧，首要之因是由政府建立现代化的剧院，不妨是小剧院，免费供应演出场地，或酌量少收费用，同时鼓励成立"定期换演剧目的剧团"，使演剧成为职业化，对于演员则大幅提高其报酬，使其不至于旁骛。

戏本是为演的，不是为看的。所以剧本一向是剧团的财产之一部分，并不需要发表出来以供众览。科班里教戏是靠口授，而且是授以"单词"，不肯整出地传授，所拥有的全剧钞本世袭珍藏唯恐走漏。从前外国的剧团也是一样，并不把剧本当作文学作品看待。把戏剧作品当作文学的一部分，是比较晚近的事。

读剧本，与看舞台上演，其感受大不相同。舞台上演，不过是两三小时的工夫，其间动作语言曾不少停，观众直接立即获得印象。有许多问题来不及思考，有许多词句来不及品赏。读剧本则可从容玩味，发现许多问题与意义。看好的剧本在舞台上做有效地表演，那才是最理想的事。戏剧本来是以演员为主要支柱，但是没有好的剧本则表演亦无所附丽。剧本的写作是创造，演员的艺术是再创造。

戏剧被利用为宣传工具，自古已然。可以宣传宗教意识，可以宣传道德信条，驯至晚近可以宣传种种的政治与社会思想。不过戏剧自戏剧，自有其本身的文艺的价值。易卜生写《玩偶之家》，妇女运动家视为最有力的一个宣传，但是据易卜生自己说，他根本没有想到过妇女运动。戏剧作家，和其他作家一样，需要自由创作的环境。戏剧的演出，像其他艺术活动一样，我们也应该给予最大的宽容。

3

第三辑

生活本来简单

你若爱，

生活哪里都可爱，

你若恨，

生活哪里都可恨，

活着这回事，

本来如此单纯。

谈时间

希腊哲学家 Diogenes 经常睡在一只瓦缸里，有一天亚力山大皇帝走去看他，以皇帝的惯用的口吻问他，"你对我有什么请求吗？"这位玩世不恭的哲人翻了翻白眼，答道，"我请求你走开一点，不要遮住我的阳光。"

这个家喻户晓的小故事，究竟涵义何在，恐怕见仁见智，各有不同的看法。我们通常总是觉得那位哲人视尊荣犹敝屣，富贵如浮云，虽然皇帝驾到，殊无异于等闲之辈，不但对他无所希冀，而且亦不必特别地假以颜色。可是约翰逊博士另有一种看法，他认为应该注意的是那阳光，阳光不是皇帝所能赐予的，所以请求他不要把他所不能赐予的夺了去。这个请求不能算奢侈，却是用意深刻。因此约翰逊博士由"光阴"悟到"时间"，时间也者虽然也是极为宝贵，而也是常常被人劫夺的。

"人生不满百"，大致是不错的。当然，老而不死的人，不是没有，不过期颐以上不是一般人所敢想望的，数十寒暑当中，睡眠去了很大一部分。苏东坡所谓"睡眠去其半"，稍嫌有一点夸张，大约三分之一左右总是有的。童蒙一段时期，说它是天真未凿也好，说它是昏昧无知也好，反正是浑浑噩噩，不知不觉；及至寿登耄耋，老悖聋瞑，甚至"佳丽当前，未能缱绻"，比死人多一口气，也没有多少生趣可言。掐头去尾，人生所余无几。就是这短暂的一生，时间亦不见得能由我们自己支配。约翰逊博士所抱怨的那些不速之客，动辄登门拜访，不管你正在怎样忙碌，他都觉得宾至如归，这种情形固然令人啼笑皆非，我觉得究竟不能算是怎样严重的"时间之贼"。他只是在我们的有限的资本上抽取一点捐税而已。我们的时间之大宗的消耗，怕还是要由我们自己负责。

有人说："时间即生命。"也有人说："时间即金钱。"二说均是，因为有人根本认为金钱即生命。不过细想一下，有命斯有财，命之不存，财于何有？有钱不要命者，固然实繁有徒，但是舍财不舍命，仍然是较聪明的办法。所以《淮南子》说："圣人不贵尺之璧而重寸之阴，时难得而易失也。"我们幼时，谁没有做过"惜阴说"之类的课艺？可是谁又能趁早体会到时间之"难得而易失"？我小的时候，家里请了一位教师，书房桌上有一座钟，我和我的姊姊常乘教师不注意的时候把时钟往前拨快半个钟头，以便提早放学，后来被老师觉察了，他用朱笔在窗户纸上的太阳阴影划一痕记，作为放学的时刻，这才息了逃学的念头。

时光不断地在流转，任谁也不能攀住它停留片刻。"逝者如斯夫，不舍昼夜！"我们每天撕一张日历，日历越来越薄，快要撕完的时候便不免憬然以惊，惊的是又临岁晚，假使我们把几十册日历装为合订本，那便象征我们的全部的生命，我们一页一页地往下扯，该是什么样的滋味呢！"冬天一到，春天还会远吗？"可是你一共能看见几次冬尽春来呢？

不可挽住的就让它去罢！问题在，我们所能掌握的尚未逝去的时间，如何去打发它，梁任公先生最恶闻"消遣"二字，只有活得不耐烦的人才忍心地去"杀时间"。他认为一个人要做的事太多，时间根本不够用，哪里还有时间可供消遣？不过打发时间的方法，亦人各不同，士各有志。乾隆皇帝下江南，看见运河上舟楫往来，熙熙攘攘，顾问左右："他们都在忙些什么？"和珅侍卫在侧，脱口而出："无非名利二字。"这答案相当正确，我们不可以人废言。不过三代以下唯恐其不好名，大概名利二字当中还是利的成分大些。"人为财死，鸟为食亡。"时间即金钱之说仍属不诬。诗人华兹华斯有句：

尘世耗用我们的时间太多了，夙兴夜寐，
赚钱挥霍，把我们的精力都浪费掉了。

所以有人宁可遁迹山林，享受那清风明月，"侣鱼虾而友麋鹿"，过那高蹈隐逸的生活。诗人济慈宁愿长时间地守着一株花，看那花苞徐徐展瓣，以为那是人间至乐；嵇康在大树底下扬锤打铁，"浊酒一杯，弹琴一曲"；刘伶"止则操卮执觚，动则挈榼提壶"，一生中无思无虑

鸟
一

其乐陶陶。这又是一种颇不寻常的方式。最彻底的超然的例子是《传灯录》所记载的"南泉和尚问陆亘曰：'大夫十二时中作么生？'陆云：'寸丝不挂！'"寸丝不挂即是了无挂碍之谓，"本来无一物，何处染尘埃？"这境界高超极了，可以说是"以天地为一朝，万期为须臾"，根本不发生什么时间问题。

人，诚如波斯诗人莪默·伽亚谟所说，来不知从何处来，去不知向何处去，来时并非本愿，去时亦未征得同意，稀里糊涂地在世间逗留一段时间。在此期间内，我们是以心为形役呢？还是立德立功立言以求不朽呢？还是参究生死直超三界呢？这大主意需要自己拿。

谈考试

少年读书而要考试，中年做事而要谋生，老年悠闲而要衰病，这都是人生苦事。

考试已经是苦事，而大都是在炎热的夏天举行，苦上加苦。我清晨起身，常见三面邻家都开着灯弦歌不辍；我出门散步，河畔田埂上也常见有三三两两的孩子们手不释卷。这都是一些好学之士吗？也不尽然。我想其中有很大一部分是在临阵磨枪。尝闻有"读书乐"之说，而在考试之前把若干知识填进脑壳的那一段苦修，怕没有什么乐趣可言。

其实考试只是一种测验的性质，和量身高体重的意思差不多，事前无需恐惧，临事更无需张皇。考的时候，把你知道的写出来，不知道的只好阙疑，如是而已。但是考试的后果太大了。万一名在孙山之外，那一份落第的滋味好生难受，其中有惭恧，有怨愤，有沮丧，有悔恨，见了人羞答答，而偏有人当面谈论这回事。这时节，人的笑脸都好像是含着讥讽，枝头鸟啭都好像是在嘲弄，很少人能不顿觉人生乏味。其后果犹不止于此，这可能是生活上一大关键，眼看着别人春风得意，自己从此走向下坡。考试的后果太重大，所以大家都把考试看得很重。其实考试的成绩，老早地就由自己平时读书时所决定了。

人苦于不自知。有些人根本无需去受考试的煎熬，但存一种侥幸心理，希望时来运转，一试得授。上焉者临阵磨枪，苦苦准备；中焉者揣摩试题，从中取巧；下焉者关节舞弊，浑水捞鱼。用心良苦，而希望不大。现代考试方法，相当公正，甚少侥幸可能。虽然也常闻有护航顶替之类的情形，究竟是少数的例外。如果自知仅有三五十斤的体重，根本就不必去攀到千斤大秤的钩子上去吊。贸贸然去应试，只是凑热闹，劳民伤财，为别人做垫脚石而已。

对于身受考试之苦的人，我是很同情的。考试的项目多，时间久，一关一关地闯下来，身上的红血球不知要死去多少千万。从前科举考场里，听说还有人在夜里高喊："有恩的报恩，有怨的报怨！"那一股阴森恐怖的气氛是够吓人的。真有当场昏厥、疯狂、自杀的！现代的考场光明多了，不再是鬼影幢幢，可是考场如战场，还是够紧张的。我有一位同学，最怕考数学，一看题目纸，立即脸上变色，浑身寒战，草草考完之后便伛偻着身子回到寝室去换裤子！其神经系统所受的打击是可以想象的！

受苦难的不只是考生。主持考试的人也是在受考验。先说命题，出题目来难人，好像是最轻松不过，但亦不然。千目所视，千手所指，是不能掉以轻心的。我记得我的表弟在二十八年前投考一个北平的著名的医学院，国文题目是：《卞壶不苟时好论》，全体交了白卷。考医学院的学生，谁又读过《晋书》呢？甚至可能还把"卞壶"读作"便壶"了呢。出这题目的是谁，我不知道，他此后是否仍然心安理得地继续活下去，我亦不知道。大概出题目不能太僻，亦不能太泛。假使考留学生，作文题目是《我出国留学的计划》，固然人人都可以诌出一篇来，但很可能有人早预备好一篇成稿，这样便很难评分而不失公道。出题目而要恰如分际，不刁钻，不炫弄，不空泛，不含糊，实在很难。在考生挥汗应考之前，命题的先生早已汗流浃背好几次了。再说阅卷，那也可以说是一种灾难。真的，曾有人于接连十二天阅卷之后，吐血而亡，这实在应该比照阵亡例议恤。阅卷百苦，尚有一乐，荒谬而可笑的试卷常常可以使人绝倒，四座传观，粲然皆笑，精神为之一振。我们不能不叹服，考生中真有富于想象力的奇才。最令人不愉快的卷子是字迹潦草的那一类，喻为涂鸦，还嫌太雅，简直是墨盒里的蜘蛛满纸爬！有人在宽宽的格子中写蝇头小字，也有人写一行字要占两行，有人全页涂抹，也有人曳白。像这种不规则的试卷，在饭前阅览，犹不过令人蹙眉；在饭后阅览，则不免令人恶心。

有人颇艳羡美国大学之不用入学考试。那种免试升学的办法是否适合我们的国情，是一个问题。据说考试是我们的国粹，我们中国人好像自古以来就是"考省不倦"的。考试而至于科举可谓登峰造极，三榜出身乃是唯一的正规的出路。至于今，考试仍为五权之一。考试在我们的生活当中已形成为不可少的一部分。英国的卡莱尔在他的《英雄与英雄崇拜》里曾特别指出，中国的考试制度，作为选拔人才的方法，实在太高明了。所谓政治学，其要义之一即是如何把优秀的分子选拔出来放在社会的上层。中国的考试方法，由他看来，是最聪明的方法。照例，外国人说我们的好话，听来特别顺耳，不妨引来自我陶醉一下。平心而论，考试就和选举一样，属于"必需的罪恶"一类，在想不出更好的办法之前，考试还是不可废的。我们现在所能做的，是如何改善考试的方法，要求其简化，要求其合理，不要令大家把考试看作为戕害身心的酷刑！

　　听，考场上战鼓又响了，由远而近！

谈友谊

朋友居五伦之末，其实朋友是极重要的一伦。所谓友谊实即人与人之间的一种良好的关系，其中包括了解、欣赏、信任、容忍、牺牲……诸多美德。如果以友谊做基础，则其他的各种关系如父子、夫妇、兄弟之类均可圆满地建立起来。当然父子兄弟是无可选择的永久关系，夫妇虽有选择余地，但一经结合便以不再仳离为原则，而朋友则是有聚有散可合可分的。不过，说穿了，父子、夫妇、兄弟都是朋友关系，不过形式性质稍有不同罢了。严格地讲，凡是充分具备一个好朋友的条件的人，他一定也是一个好父亲、好儿子、好丈夫、好妻子、好哥哥、好弟弟。反过来亦然。

我们的古圣先贤对于交友一端是甚为注重的。《论语》里面关于交友的话很多。在西方亦是如此。罗马的西塞罗有一篇著名的《论友谊》。法国的蒙田、英国的培根、美国的爱默生，都有论友谊的文章。我觉得近代的作家在这个题目上似乎不大肯费笔墨了。这是不是叔季之世友谊没落的征象呢？我不敢说。

　　古之所谓"刎颈交"，陈义过高，非常人所能企及。如 Damon 与 Pythias，David 与 Jonathan，怕也只是传说中的美谈罢。就是把友谊的标准降低一些，真正能称得起朋友的还是很难得。试想一想，如有银钱经手的事，你信得过的朋友能有几人？在你蹭蹬失意或疾病患难之中还肯登门拜访乃至雪中送炭的朋友又有几人？你出门在外之际对于你的妻室弱媳肯加照顾而又不照顾得太多者又有几人？再退一步，平素投桃报李，莫逆于心，能维持长久于不坠者，又有几人？总角之交，如无特别利害关系以为维系，恐怕很难在若干年后不变成为路人。富兰克林说："有三个朋友是忠实可靠的——老妻、老狗与现款。"妙的是这三个朋友都不是朋友。倒是亚里士多德的一句话最干脆："我的朋友们啊！世界上根本没有朋友。"这些话近于愤世嫉俗，事实上世界上还是有朋友的，不过虽然无需打着灯笼去找，却是像沙里淘金而且还需要长时间的洗炼。一旦真铸成了友谊，便会金石同坚，永不退转。

　　大抵物以类聚，人以群分。臭味相投，方能永以为好。交朋友也讲究门当户对，纵不必像九品中正那么严格，也自然有个界线。"同学少年多不贱，五陵衣马自轻肥"，于"自轻肥"之余还能对着往日的旧游而不把眼睛移到眉毛上边去么？汉光武容许严子陵把他的大腿压在自己的肚子上，固然是雅量可风，但是严子陵之毅然决然地归隐于富春山，则尤为知趣。朱洪武写信给他的一位朋友说："朱元璋做了皇帝，朱元璋还是朱元璋……"话自管说得很漂亮，看看他后来之诛戮功臣，也就不免令人心悸。人的身心构造原是一样的，但是一入宦途，可能发生突变。孔子说："无友不如己者"。我想一来只是指品学而言，二来只是说不要结交比自己坏的，并没有说一定要我们去高攀。友谊需要两造，假如双方都想结交比自己好的，那便永远交不起来。

好像是王尔德说过，"一个男人与一个女人之间是不可能有友谊存在的。"就一般而论，这话是对的，因为男女之间有深厚的友谊，那友谊容易变质，如果不是心心相印，那又算不得是友谊。过犹不及，那分际是难以把握的。忘年交倒是可能的。祢衡年未二十，孔融年已五十，便相交友，这样的例子史不绝书。但似乎是也以同性为限。并且以我所知，忘年交之形成固有赖于兴趣之相近与互相之器赏，但年长的一方面多少需要保持一点童心，年幼的一方面多少需要显着几分老成。老气横秋则令人望而生畏，轻薄儇佻则人且避之若浼。单身的人容易交朋友，因为他的情感无所寄托，漂泊流离之中最需要一个一倾积愫的对象，可是等到他有红袖添香、稚子候门的时候，心境便不同了。

"君子之交淡如水"，因为淡所以才能不腻，才能持久。"与朋友交，久而敬之。"敬也就是保持距离，也就是防止过分的亲昵。不过"狎而敬之"是很难的。最要注意的是，友谊不可透支，总是保留几分。Mark Twain 说："神圣的友谊之情，其性质是如此的甜蜜、稳定、忠实、持久，可以终身不渝，如果不开口向你借钱。"这真是慨而言之。朋友本有通财之谊，但这是何等微妙的一件事！世上最难忘的事是借出去的钱，一般认为最倒霉的事又莫过于还钱。一牵涉到钱，恩怨便很难清算得清楚，多少成长中的友谊都被这阿堵物所戕害！

规劝乃是朋友中间应有之义，但是谈何容易。名利场中，沆瀣一气，自己都难以明辨是非，哪有余力规劝别人？而在对方则又良药苦口忠言逆耳，谁又愿意让人批他的逆鳞？规劝不可当着第三者的面前行之，以免伤他的颜面，不可在他情绪不宁时行之，以免逢彼之怒。孔子说："忠告而善道之，不可则止。"我总以为劝善规过是友谊之消极的作用。友谊之乐是积极的。只有神仙与野兽才喜欢孤独，人是要朋友的。"假如一个人独自升天，看见宇宙的大观，群星的美丽，他并不能感到快乐，他必要找到一个人向他述说他所见的奇景，他才能快乐。"共享快乐，比共受患难，应该是更正常的友谊中的趣味。

演戏记

人生一出戏，世界一舞台，这是我们所熟知的，但是"戏中戏"还不曾扮演过，不无遗憾。有一天，机会来了，说是要筹什么款，数目很大，义不容辞，于是我和几个朋友便开始筹划。其实我们都没有舞台经验，平素我们几个人爱管闲事，有的是嗓门大，有的是爱指手画脚吹胡瞪眼的，竟被人误认为有表演天才。我们自己也有此种误会，所以毅然决定演戏。

演戏的目的是为筹款，所以我们最注意的是不要赔钱。因此我们做了几项重要决定：第一是借用不花钱的会场，场主说照章不能不收费，不过可以把照收之费如数地再捐出来，公私两便。第二是请求免税，也照上述公私两便的办法解决了。第三是借幕，借道具，借服装，借景片，借导演，凡能借的全借，说破了嘴跑断了腿，全借到了。第四是同仁公议，结账赚钱之后才可以"打牙祭"，结账以前只有开水恭候。这样，我们的基本保障算是有了。

选择剧本也很费心思，结果选中了一部翻译的剧本，其优点是五幕只要一个布景，内中一幕稍稍挪动一下就行，省事，再一优点是角色不多，四男三女就行了。是一出悲剧，广告上写的是："恐怖，紧张……"其实并不，里面还有一点警世的意味，颇近于所谓"社会教育"。

　　分配角色更困难了，谁也不肯做主角，怕背戏词。一位山西朋友自告奋勇，他小时候上过台，后来一试，一大半声音都是从鼻子里面拐弯抹角而出，像是脑后音，招得大家哄堂。最后这差事落在我的头上。

　　排演足足有一个月的时间，每天公余大家便集合在小院里，怪声怪气地乱嚷嚷一阵，多半的时间消耗在笑里。有一个人扑哧一声，立刻传染给大家，全都前仰后合了，导演也忍俊不禁，勉强按着嘴，假装正经，小脸儿憋得通红。四邻的孩子们是热心的观众，爬上山头，翻过篱笆，来看这一群小疯子。一幕一幕地排，一景一景地抽，戏词、部位、姿势，忘了一样也不行，排到大家头昏脑涨心烦意懒的时候，导演宣布可以上演了。先预演一次。

　　一辈子没演过戏，演一回戏总得请请客。有些帮忙的机关代表不能不请，有些地头蛇不能不请，有些私人的至亲好友、七姑八姨也不能不请，全都趁这次预演的机会一总做个人情。我们借的剧场是露天的，不，有个大席棚。戏台是真正砖瓦砌盖的。剧场可容千把人。预演那一晚，请的客衮衮而来，一瞬间就坐满了。三声锣响，连拉带扯地把幕打开了。

我是近视眼，去了眼镜只见一片模糊。将近冬天，我借的一身单薄西装，冻出一身鸡皮疙瘩。我一上台，一点也不冷，只觉得热，因为我的对手把台词忘了，我接不上去，我的台词也忘了，有几秒的工夫两个人干瞪眼，虽然不久我们删去了几节对话仍旧能应付下去，但是我觉得我的汗攻到头上来，脸上全是油彩，汗不得出，一着急，毛孔眼一张，汗迸出来了：在光滑的油彩上一条条地往下流。不能揩，一揩变成花脸了。排演时没有大声吼过，到了露天剧场里不由自主地把喉咙提高了，一幕演下来，我的喉咙哑了。导演急忙到后台关照我："你的声音太大了，用不着那样使劲。"第二幕我根本嚷不出声了。更急，更出汗，更渴，更哑，更急。

　　天无绝人之路，这一场预演把我累得不可开交之际，天空隐隐起了雷声，越来越近，俄而大雨倾盆。观众一个都没走，并不是我们的戏吸引力太大，是因为雨太骤他们来不及走。席棚开始漏水，观众哄然而散，有一部分人照直跳上了舞台避雨，戏算是得了救。我蹚着一尺深的水回家，泡了一大碗的"胖大海"，据说可以润喉。我的精神已经崩溃了，但是明天正式上演，还得精神总动员。

　　票房是由一位细心而可靠的朋友担任的。他把握着票就如同把握着现钞一样的紧。一包一包的票，一包一包的钱，上面标着姓名标着钱数，一小时结一回账。我们担心的是怕票销不出去，他担心的是怕票预先推销净尽而临时门口没票可卖。所以不敢放胆推票。

第二天正式上演了，门口添了一盏雪亮的水电灯，门口挤满了一圈子的人，可是很少人到窗口买票。时间快到了，我扒开幕缝偷偷一看，疏疏落落几十个人，我们都冷了半截。剧场里来回奔跑的，客少，招待员多。有些客疑心是来得太早，又出去买橘柑去了，又不好强留。顶着急的是那位票房先生。好容易拖了半点钟算是上满了六成座。原来订票的不一定来，真想看戏的大半都在预演时来领教过了。

　　我的喉咙更哑了，从来没有这样哑过。几幕的布景是一样的，我一着急，把第二幕误会成第三幕了，把对话的对手方吓得张口结舌，蹲在幕后提词的人急得直嚷："这是第二幕！这是第二幕！"我这才如梦初醒，镇定了一下，勉强找到了台词，一身大汗如水洗的。第三幕上场，导演在台口叮嘱我说："这是第三幕了。"我这一回倒是没有弄错，可是精神过于集中在这是第几幕，另外又出了差池。我应该在口袋里带几张钞票，作赏钱用，临时一换裤子，把钞票忘了，伸手掏钱的时候，左一摸没有，右一摸没有，情急而智并未生，心想台下也许看不清，握着拳头伸出去，做给钱状，偏偏第一排有个眼快口快的人大声说："他的手里是空的！"我好窘。

　　最窘的还不是这个。这是一出悲剧，我是这悲剧的主角，我表演的时候并没有忘记这一点，我动员了我所有精神上的力量，设身处地地想我即是这剧里的人物，我动了真的情感，我觉得我说话的时候，手都抖了，声音都颤了，我料想观众一定也要受感动的，但是，不。我演到最重要的关头，我觉得紧张得无以复加了，忽然听得第一排上一位小朋友指着我大声地说："你看！他像卓别林！"紧接着是到处扑哧扑哧的笑声，悲剧的氛围完全消逝了。我注意看，前几排观众大多数都张着口带着笑容地在欣赏这出可笑的悲剧。我好生惭愧。事后对镜照看，是有一点像卓别林，尤其是化装没借到胡子，现做嫌费事，只在上唇用墨笔抹了一下，衬上涂了白灰的脸，加上黑黑的两道眉，深深的眼眶，举止动作又是那样僵硬，不像卓别林像谁？我把这情形报告了导演，他笑了，但是他给了我一个很伤心的劝慰："你演得很好，我劝你下次演戏挑一出喜剧。"

还有一场呢。我又喝了一天"胖大海"。嗓音还是沙愣愣的。这一场上座更少了，离开场不到二十分钟，性急的演员扒着幕缝向外看，回来报告说："我数过了，一、二、三，一共三个人。"等一下又回来报告，还是一、二、三，一共三个人。我急了，找前台主任，前台主任慌作一团，对着一排排的空椅发怔。旁边有人出主意，邻近的××学校的学生可以约来白看戏。好，就这么办。一声呼啸，不大的工夫，调来了二百多。开戏了。又有人出主意，把大门打开，欢迎来宾，不大的工夫座无隙地。我们打破了一切话剧上座的记录。

戏演完了，我的喉咙也好了。遇到许多人，谁也不批评戏的好坏，见了面只是道辛苦。辛苦确实是辛苦了，此后我大概也不会再演戏。就是喜剧也不敢演，怕把喜剧又演成悲剧。事后结账，把原拟的照相一项取消，到"三六九"打了一次牙祭。净余二千一百二十八元，这是筹款的结果。

画梅小记

　　余北人，从没有见过梅树，所谓"暗香疏影""水边篱落"，全是些想象中的境界。过年前后，亲朋馈赠，常有四盆红梅，或是蜡梅之类，移植在瓷盆里面，放在客厅里作为陈设，看它瘦曲似铁，又如鹭立空汀，冻萼数点，散缀其间，颇饶风趣。但是花谢之后便无可观，自已不善调护，弃置一年之后，即使幸而不死，也甚少生机，偶尔于近根处抽出一两枝敧条，生出三五朵细僵的花苞，反觉败兴。所以对梅花并无多少好感。

　　后来我读了龚定庵的《病梅馆记》，乃大为感动。这篇古文使我了解什么叫作"自然之美"，什么叫作"自由"。我后来之所以对于"自由"发生强烈的爱慕，对于束缚"自由"的力量怀着甚深的憎恨，大半是受了此文之赐。但是附带着我对于梅花感到兴趣了。盆梅不足以餍我之望，病梅更是令人难过，我憧憬着的乃是庾岭、邓尉。我想看看"江边一树垂垂发"是什么样子。

我遨游江南、巴楚之后，有机会看见了梅兄的本色，有带薜苔的丑干老枝，有繁花如簇的香雪海，有的红如口脂，有的白若傅粉，有的是瘦骨嶙峋的斜敧着，有的是杈枒盘空如晴雪塞门，形形色色，各极其妍。但其最足令人妙赏处，乃在一"冷"字。凌厉风霜，不与百花争艳，自有一种孤高幽独的气息。

　　我不善画，但如《芥子园》之类童时亦曾披阅，"攒三""聚五"之类亦曾依样葫芦。羁旅无聊，寒窗呵冻，辄为梅兄写真。水墨勾勒，不假丹青，只图抒写胸中逸气，根本谈不到工拙。金冬心《画梅题记》有云：

　　　　四月浴佛日清斋毕，在无忧林中画此遣兴，胜与猫儿、狗子盘桓也。

　　"心出家庵僧"，实在朴直得可爱。我每次乘兴画梅，亦正做如此想耳。有一回，我效陆凯、范晔故事，画了一枝梅，题上"江南无所有，聊赠一枝春"之句寄赠友好。复信云："如此梅花，吾家之犬，亦优为之！"是终不免与猫儿狗子为伍，为之大笑。

　　一张素纸，由我笔墨驰骤，我想到了"自由"。怎样把枝子画得扶疏掩映，怎样把疏密浓淡画得错落有致，怎样把花朵勾得向背得宜，当然是大费周章，但是在这过程中我意识到了"创造"的酸辛。有人说，画梅花要把那一股芬芳都要画出来才算是尽了画梅的能事，这种说法可

就不免玄虚了。华山一泉（注：实源）画《墨梅》题云：

　　一枝常占百花先，
　　信手挥成淡更妍。
　　独有清香描不到，
　　几回探在玉堂前。

　　要想描出梅花的清香，我觉得实在太难了。我只求能写出梅花的孤高，不要臃肿，不要俗艳，就算是不唐突梅花了。

　　时在严冬，大风凛冽，遥想江南梅树，不知着花也未?

《琵琶记》的演出

一九二四年秋，我到了麻省剑桥进哈佛大学研究院，先是和顾一樵先生赁居奥斯丁园五号，半年后我们约同时昭法、徐宗涑几位同学迁入汉考克街一五九号之五，那是一所公寓。这公寓房子相当寒碜，号称有家具设备，除了床铺和几具破烂桌椅之外别无长物，但是租价低廉，几个学生合住不但负担较轻，而且轮流负责炊事，或担任采购，或在灶前掌勺，或专管洗碗洗盘，吵吵闹闹，颇不寂寞。最妙的是地点适中，往东去是麻省理工学院，往西去是哈佛大学，所以大家都感到满意。在剑桥的中国学生，不是在哈佛，就是在麻省理工。中国学生在外国喜欢麇居在一起，一部分是由于生活习惯的关系，一部分是因为和有优越感的白种人攀交，通常不是容易事，也不是愉快事。中国人走到哪里都有强烈的团体精神，实在是形势使然。我们的公寓，事实上是剑桥中国学生活动的中心之一。来往过客也常在我们这里下榻，帆布床随时供应。有一天我正在厨房做炸酱面，锅里的酱正扑哧扑哧地冒泡，潘光旦带着另外三个人闯了进来，他一进门就闻到炸酱的香味，死乞白赖地要讨一顿面吃，我慨然应允，我在小碗炸酱里加进四勺盐，吃得大家拧眉皱眼，饭后拼命喝水。

平时大家读书都很忙，课外活动还是有的。剑桥中国学生会那一年主持人是沈宗濂，一九二五年春天不知怎的心血来潮，要演一出英语的中国戏，招待外国师友，筹划的责任落到一樵和我身上。讲到演戏我们是有兴趣的。我和一樵平素省吃俭用，时常舍得用钱去看戏，波士顿的 Copley Theater 是由一个剧团驻院经常演出的，我们是长期的座上客，细心观摩他们湛深的演技。我悟得一点诀窍，也就是哈姆雷特奉劝演员的那些意见，演出时要轻松自然，不要过于剑拔弩张，不要张牙舞爪，到了紧要关头方可用出全副力量，把真情灌注进去。我们有一次看了谢立敦的《情敌》，又有一次看了品皮奈罗的《第二位坦科雷太太》，看到表演精彩之处真如醍醐灌顶。我们对于戏剧如此热心，所以学生会筹划演戏之议我们就没有推辞。

一樵真是多才多艺，他学的是电机工程，念念不忘文学。诗词、小说、戏剧无一不插上一手。他负起编剧责任，选定了《琵琶记》。蔡伯喈的故事，流传已久，各地地方剧常常把它搬上舞台，把蔡伯喈形容成一个典型的不孝不义的人物。南宋诗人陆游的"斜阳古柳赵家庄，负鼓盲翁正作场。死后是非谁管得，满村听说蔡中郎"是大家都熟知的一首诗。明初高则诚写《琵琶记》，就是根据这个古老的民间故事编的，不过在高则诚的笔下蔡中郎好像是一个比较可以令人同情的读书人了。全剧共二十四出，辞藻丰赡。一樵只是撷取其故事骨干，就中郎一生，由"高堂称寿"到"南浦嘱别"，由"奉旨招婿"到"再报佳期"，由"强就鸾凤"到"书馆悲逢"，这三大段正好编成三幕，用语体写出，编成之后由我译成英文。《琵琶记》的原文，非常精彩，号称为南曲之祖，其中唱词尤为典丽，我怎能翻译？但是改成语体，编成话剧，便容易措手了。于是很快地译好，送到哈佛合作社代为复印多份，脚本告成。波士顿音乐院里一位先生（英籍）帮我们制作布景，看到剧本，问我："这是谁译的？"我佯为不知，他说译文中有些美国人惯用的俗语羼杂在内，例如，"Go ahead"一语就不宜由一位文士对一位淑女来讲。我觉得他说得对，就悄悄地改了。

演员问题，大费周章。女主角赵五娘，大家一致认为在波士顿附近的威尔斯莱女子学院的谢文秋女士最适宜于担任。谢小姐是上海人，风度好，活泼，而且口齿伶俐。她的性格未必适于这一角色，但是当时没有其他的选择。她慷慨地答应了。男主角蔡伯喈成了问题，不是找不到人，是跃跃欲试的大有人在。某一男生才高志大，又一位男士风流倜傥，都觉得扮演蔡伯喈胜任愉快。在争来争去的情形之下，一樵和我商量，要我出马。我提出一项要求，那就是先去征询谢小姐的意见，看她要不要这样的一个搭档。她没有异议。

我们的演员表大致是这样：

蔡中郎　　　梁实秋

赵五娘　　　谢文秋

丞相之女　　谢冰心

牛丞相	顾一樵
丞相夫人	王国秀
邻人	徐宗涑
疯子	沈宗濂

　　此外还有曾昭抡、高长庚，波士顿大学的两位华侨女生，都记不得担任的是什么角色了。我们是一群乌合之众，谁也没有多少经验，也没有专人导演，就凭一股热心，课余之暇自动地排演起来。

　　服装布景怎么办？事有凑巧，此前不久纽约的中国同学会很成功地演出了一出古装话剧《杨贵妃》，事实上我们的《琵琶记》也是受了《杨贵妃》的影响。主持《杨贵妃》上演的都是我们的朋友，如余上沅、闻一多、赵太侔等，所以我们就驰函求助。《杨》剧服装大部分是缝制之后，由闻一多用水彩画不透明颜料画上图案，在灯光照耀之下华丽无比，其中一部分借给我们了。杨贵妃是唐朝人，蔡伯喈是汉朝人，服装式样有无差别，我们也顾不了许多。关于布景，一多有信给一樵：

一樵：

　　舞台用品……布景也许用不着我亲身来波城。只要把剧本同舞台的尺寸寄来，我便可以画出一套图案，注明用什么材料怎样的制造。反正舞台上不宜用平面的绘画，例如一个窗子最好用木头或厚纸制一个能开能合的窗子，不当在墙上画一个窗子的模样，因为这样会引起错误的幻觉。总之，我把图案制就了，看它的构造是简单或复杂。如果不能不复杂，一定要我来，我是乐于从命的。再者也请你告诉我你们在布景和服饰上能花多少钱。

一多问好

事实上一多在布景的绘图上尽了力，但是他没有到波士顿来。来的是余上沅和赵太侔。余上沅是熟人，他是我们同船到美国来的，他的身份是教务处职员奉派随船照料我们的，他来到美国进入匹兹堡戏院艺术学院，翌年到了纽约。赵太侔则闻其名而尚未谋面，一多特函介绍他给我们，特别强调一点，太侔这个人是真正的 a man of few words（一个不大讲话的人），千万别起误会，以为他心有所愠。果然，太侔一到，不声不响，揎袖攘臂，抓起一把短锯就锯木头制造门窗。经过他们二位几天努力，灯光布景道具完全就绪。

我们为了慎重起见，上演之前做一次预演，特请波士顿音乐学院专任导演的一位教授前来指点。他很认真负责，遇到他认为不对的地方就大声喊停予以解说。对演员的部位尤其注意，改正我们很多的缺点。演到蔡伯喈和赵五娘团圆的时候，这位导演先生大叫："走过去，和她亲吻，和她亲吻！"谢文秋站在那里微笑，我无论如何鼓不起这一点勇气，我告诉他我们中国自古以来没有这个规矩，他摇头不已。预演完毕，他把我拉到一边，正经地劝我说："你下次演戏最好选一出喜剧，因为据我看你不适于演悲剧。"话是很委婉，意思是很明显的。我心里想，《琵琶记》不就是喜剧吗？我又在想，这一次真是逢场作戏，难道还有下次？

上演的那天早晨，麻省理工学院的一位丁绪宝先生红头涨脸地跑来说："你们今晚要演出《琵琶记》，你们知道你们做的是什么事吗？蔡伯喈家有贤妻，而负义糟糠，停妻再娶，是一位道地的多妻主义者。你们把他的故事搬上舞台，岂不要遭外人耻笑，误以为我们中国人都是多妻主义者？此事有关国家名誉，我不能坐视，特来警告，赶快罢手，否则我今晚不能不有适当手段对付你们。"我们向他解释，我把剧本一份送给他请他过目，并且特别声明我们的剧本是根据高明（则诚）的名著改编的。相传"有王四者，明与之友善，劝之应试，果登第，王即弃其妻而赘于不花太师家，明恶之，因作《琵琶记》以寓讽刺"。这样说来，《琵琶记》是讽刺。而且历史上的蔡中郎是怎样一个人姑不具论，单自高明写的蔡伯喈有怎样的谈吐：

闲藤野蔓休缠也，俺自有正菟丝，亲瓜葛。

纵有花容月貌，怎如我自家骨血？

谩说道姻缘事果谐凤卜，细思之，此事岂吾意欲？有人在高堂孤独，可惜新人笑语喧，不知我旧人啼哭，兀的东床，难教我坦腹！

几回梦里，忽闻鸡唱，忙惊觉，错呼旧妇，同问寝堂上。待朦胧觉来，依然新人鸳帏凤衾和象床。怎不怨香愁玉无心绪？更思想，被他拦当，教我怎不悲伤？俺这里欢愉夜宿芙蓉帐，他那里寂寞偏嫌更漏长！

像这样的句子都可以证明高则诚没有把蔡伯喈形容成为负心人。我最后声明，我是国家主义者，我的爱国心绝不后人。丁先生将信将疑，悻悻然去，临走时说："我们走着瞧！晚上见！"这一整天我们心情很不安。

这一天是三月二十八日，晚间在波士顿考普莱剧院正式演出。观众大部分是美国人士，包括大学教授及文化界人士，我国的学生及侨胞来捧场的亦不少，黑压压一片，座无虚席，在千人左右。先由在波士顿音乐学院读书的王倩鸿女士致开会词，中国同学会主席沈宗濂致欢迎词，郭秉义先生演说，奏乐。都说了些什么，已不复记忆。上演之前还有这么多的繁文缛节，不愧为学生演戏。一声锣响，幕起，一幕，二幕，三幕，进行得很顺利，台上的人没有忘掉戏词，也没有添加戏词，台下的人也没有开闸，也没有往台上抛掷鸡蛋番茄。最后幕落，掌声雷动，几乎把屋顶震塌下来。千万不要误会，不要以为演出精彩，赢得观众的欣赏，要知道外国人看中国人演戏，不管是谁来演，不管演的是什么，他们大部都只是由于好奇。剧本如何，剧情如何，演技如何，舞台艺术如何，都不是最重要的，最重要的是那红红绿绿的服装，几根朱红色的大圆柱，正冠、捋须、甩袖、迈步等奇怪的姿态……《琵琶记》有几个人懂得，包括我们自己在内？剧中原有插曲一阕，由赵五娘抱着琵琶自弹自唱，唱词阙，意思是由演员自己选择。结果是赵五娘用《四季相思》小调唱"少小离家老大回，乡音未改鬓毛衰。儿童相见不相识，笑问客从何处来"。诗是唐朝的贺知章作的，唱的人赵五娘是东汉时人，这是多么显著的时代错误！事后也没有人讲话。

曲终人散，我们轻松愉快地到杏花楼去宵夜。楼梯咚咚响，跑上了一个人，又是丁绪宝先生，又是红头涨脸的，大家为之一怔。他走到我们面前，勉强地一笑，说："你们演得很好，没有伤害国家的名誉，是我误会了，我道歉！"随后就和我们握手而退。这一握手，使我觉得十分快慰，丁先生不但热爱国家，而且勇于认错。翌日《基督教箴言报》为文报道此一演出，并且刊出了我的照片，我当然也很快慰，但是快慰之情尚不及丁先生的那一握手。

闻一多事后写信给我，附诗一首：

实秋饰蔡中郎演《琵琶记》戏作柬之
一代风流薄幸哉！钟情何处不优俳？
琵琶要作诛心论，骂死他年蔡伯喈！

语言、文字、文学

人类先有语言，后有文字。有些民族，有语言，根本没有文字。也有些民族，借用外来的文字而加以变动。语言文字，繁简不同，无所谓优劣，各自适应其需要而已。凡是合乎需要的语文都是好的，等到不能适合需要时，它自然会变。语言文字随时在变。

七八十年前，美国西部牛仔日常使用的单字尚不过二百八十多个。够用了，他们没有觉得有什么不好。大概文明进化到了相当程度，语文就会丰富起来，文学于焉产生。精炼优美的语文是文学的工具，离开语文便没有文学之可言。而文学的面貌与内涵也大受语文的限制，有什么样的语文就有什么样的文学。

我们中国文字起源甚早。许慎《说文序》从庖牺作卦神农结绳说起，那未免太渺茫了，就是所谓黄帝之史仓颉造字之说，也是无法实证的事。《易·系辞》："上古结绳而治，后世圣人易之以书契。"（书契就是文字），也只是含混地说后世圣人创造了文字。不过"《周礼》：八岁入小学，保氏教国子，先以六书"，这几句话似是事实。所谓"六书"是根据既有文字分析其原理而得的结论，不是什么人以"六书"为原则而创作文字。我们的文字是经长久时间集无数人的智力而成的，不是几个人在短期间所制造的。

我们中国地方大而交通不便，所以自古以来各地有各地的方言，"言语异声，文字异形"。秦始皇统一天下，"车同轨，书同文字"，方言仍然存在。但是由于文字之定于一，而且以后变化并不太大太急，遂能维系中国文化绵延数千年之久，并且使得广大民众能互通声息，形成一个精神上统一的局面。直到如今，有几省的方言很难令人通晓，但是文字则是全国通行无碍。

古代的方言，想来我们现在必很难懂，但是古代文字我们并不觉得全不可懂。即以"诘屈聱牙"的《尚书》而论，文辞古奥，固无论矣，其中却有不少部分是可以一目了然的，尤其是其中有很多成语，直到现在还是活生生地在我们口头上说，在笔下写。例如：

如丧考妣（《舜典》）　　　　暴殄天物（《武成》）

野无遗贤（《大禹谟》）　　　有守有为（《洪范》）

无稽之言（同上）　　　　　作威作福（同上）

无远弗届（同上）　　　　　玩物丧志（《旅獒》）

满招损，谦受益（同上）　　功亏一篑（同上）

兢兢业业（《皋陶谟》）　　　多才多艺（《金縢》）

民为邦本（《五子之歌》）　　　杀人越货（《康诰》）

洞若观火（《盘庚》）　　　　　令出必行（《周官》）

有条不紊（同上）　　　　　　　心劳日拙（同上）

如火燎原，不可向迩（同上）　　孜孜不息（《君陈》）

有备无患（同上）　　　　　　　有容乃大（同上）

人为万物之灵（《泰誓》）　　　发号施令（《冏命》）

　　像这样精致的成语还可以举出不少。其他经书里面也有很多至今为人习用的成语，较后的《论语》《孟子》以及诸子百家之书，其中偶然也有些难以解释的章句，大体上都可以令我们看懂。汉魏六朝的文学以赋俪为主，似是与语言脱节，但也并非全部如此，许多作品还是文情并茂一直为人所传诵的。从贾谊《过秦论》、司马迁《报任安书》，到王羲之《兰亭集序》、陶渊明《归去来兮辞》《桃花源记》，今日读之并无文字上的困难。唐宋以后的所谓古文，更是合乎时代要求明白易晓的文体。总而言之，中国文字没有死，时时老化，时时革新，但是基本的字形、字义、语法、文法，都没有改变多少。晚近的白话文学运动是划时代的大事，在文学发展上是顺理成章地向前一大步迈进，这是无人可以否认的，但是白话文学仍是通过文字才得表现，文学作品无法越过文字的媒介而直接地和语言接触。现代的白话文实际上是较浅近的文言文，较合逻辑的浅近文言文。

　　死文字不是没有，拉丁文就是死文字的一种。我曾在学校读过半年《西塞罗》，我了解什么才是死文字。教我们读《西塞罗》的教授在班上对我们说，他自己可以读拉丁文作品，也可以写一点拉丁文，但是不能以拉丁语交谈。一位毕生研究拉丁文的教授尚且如此，这就可以说明拉丁文是死文字。我们中国文字，所谓文言文，虽然有时候和语言有了差别，文诌诌的，甚而至于堆砌典故令人莫测高深，大致讲来和语言距离不太远。出口成章的人，谈唾珠玑的人，还可以令人欣赏。我记得有一次遇见一位犹裔美国人，他精通中文，在和我共同走进一个门口的时候，他对我弯腰鞠躬伸手作势，连声地说："吾子先行！"他说话全用文言。

文学作品无不崇简练。简练乃一切古典艺术之美的极则。任何人说话不可能字斟句酌，不可能十分简练。"吉人之辞寡，躁人之辞多"（《易·系辞》）。人品不同，情见乎辞。是故语言也有层次，或清雅，或庸俗，或冷隽锋利，或蕴藉风流。《世说新语》文章隽美，众所爱读，须知汉魏东晋之人并非各个都是如此风流。一部《世说新语》，实乃从三百年间选出六百二十六人，"十步芳草，挹其芬芳"，所记嘉言逸事当然出色。而临川王之文笔简练，别具炉锤，亦当然不同凡响。所以后之仿作，如刘肃之《唐世说》、何良俊之《语林》、李绍文之《皇明世说》、王丹麓之《今世说》、李邺嗣之《续世说》，虽有可观，不无逊色。语言轶事，无非文学资料，而敷衍成篇，端视作者剪裁。

方言白话，任何人没有理由加以鄙夷。有时候伧父走卒的语言，活泼有力，乃在缙绅大夫的谈吐之上，文学作者且不惜直接引用，以增加其情趣。近代小说每多对话，其间如不引用俗语，反觉缺少写实风味。粗俗的人必须说粗俗的话，文雅的人必须说文雅的话，这样才能充分表现出人物的真实面貌。此事不需举例，古今中外的小说皆然。但是俗语的使用也应有个限制，主要的是以对话范围以内为限。如果整部小说或小说中大部分文字皆出之于方言俗语，其效力怕要打很大折扣。"言之不文，行之不远。"

　　我们中国文字有一些不容忽视的特点。一个特点是对仗，再一个是平仄。因为字是单音的，所以容易成对，也自然有平仄可分。从前小学生读书作文先从对对子入手。山高对日小，水落对石出，春花对秋月，凤舞对龙飞……几乎无事不可成对。这种训练可以引发儿童的联想，及其驾驭文字的能力。由短语的对仗，进而为语句的骈偶，乃是中国文字的特色。这种对仗，并不全是人为的，其中有很大一部分是我们的民族天性，我们喜欢成双做对，在建筑上，在室内装饰上，在庭园布置上，事事都讲究对称。刘勰《文心雕龙·丽辞》有这样的两段：

　　造化赋形，支体必双，神理为用，事不孤立。夫心生文辞，运裁百虑，高下相须，自然成对。唐虞之世，辞未及文，而皋陶赞云："罪疑惟轻，功疑惟重。"益陈谟云："满招损，谦受益。"岂营丽辞，率然对尔。《易》之《文》《系》，圣人之妙思也。序《乾》四德，则句句相衔；龙虎类感，则字字相俪；乾坤易简，则宛转相承；日月往来，则隔行悬合：虽句字或殊，而偶意一也。

　　至于诗人偶章，大夫联辞，奇偶适变，不劳经营。自扬马张蔡，崇盛丽辞，如宋画吴冶，刻形镂法，丽句与深采并流，偶意共逸韵俱发。

至魏晋群才，析句弥密，联字合趣，剖毫析厘。然契机者入巧，浮假者无功。

　　彦和以后，称颂骈俪者代有其人。清阮元作《文言说》，他认为"协音成韵，修辞用偶"，方得谓之"文"，否则只是"言"。他举孔子作《易·系辞》"文言"为例，"不但多用韵，抑且多用偶"，尊为"千古文章之祖"，表示骈俪为文章之正宗，而指唐宋八大家以至清之桐城派的散体"古文"为非是。平心而论，骈俪在原则上是健全的，而且是我国语文自然形成之现象，殊无加以排斥的理由。不过作品一律四六有时亦无必要，勉强凑和，反形其丑。所以刘彦和说："契机者入巧，浮假者无功。"四六文写得好固然不易，白话文写得好也很难，都是看作者的手段。

　　律诗也是谨守骈俪原则及平仄声调的诗体。颔联颈联通常是对仗的，不对仗的是变体（如所谓"蜂腰"之类）。八句诗以中间两联为中坚，所以必须对仗，方显得充实稳重。由于对仗，不免用典。用典如果恰当，亦正无妨。用典则可以极少数的字道出很丰富的意义，不失为最经济的修辞方法之一。不过，动人之词句，多由直寻，并不靠摭拾典故饾饤成篇。看杜工部的律诗，就很少用典，其佳作几乎无一不是直抒胸臆，意义鲜明。七律中像《蜀相》《客至》《野望》《闻官军收河南河北》《登楼》《宿府》《登高》诸首，都是痛快淋漓，不为格律所拘。旧诗，尤其是律诗，晚近已少作家，这是因为近代社会变化，作者功力不济之故，律诗的体裁本身并不尸其咎。不要说律诗，就是能制对联的现在亦不多觏。记得前几年有刊物征求春联，应征者不乏其人，其中且有不少知名之士，许多

113

都是对仗不工，而且全不顾及平仄。傅斯年先生望重士林，他说过一句话："上穷碧落下黄泉，动手动脚找东西。"形容学者之勤于搜讨资料，话是不错的，很多人常引用，但是就文字而论却不像是一副对联。"上穷碧落下黄泉"是《长恨歌》里的句子。"碧落"乃道家语，"黄泉"见《左传》，都可以说是典故，也就是"升天入地"的意思。这且不说，下句则全然不顾对仗与平仄。一九六二年，胡适之先生去南港看傅斯年图书馆，李济之先生希望胡先生给这个图书馆写一个匾额，一副对联，胡先生说："如果要一副对联的话，还是用傅孟真的'上穷碧落下黄泉，动手动脚找东西'那副对子吧！"（见胡先生晚年《谈知录》，页二九六）胡先生认为这是一副"对联"，这是一副"对子"！

用白话用北平方言写小说的老舍先生，虽然自称为"歌德派"而终死于非命，在文学方面他有两项主张却是不错，胡絜青在《老舍诗选》序里说："从事文艺的人都要学一点诗词歌赋，他认为大有好处……外文和诗词对搞文学的人来说是至关重要的必修课。起码，前者对科学的掌握文法大有帮助，后者对推敲用词大有好处。这一洋一中都是基本功。"这几句话是他亲自从写作中体验得来。学外文可以帮助我们清理思路，因为外文有一套文法正好可以补我们中国文字过分含蓄朦胧的毛病。诗词歌赋是我们文学传统最优秀的成果，从诗词歌赋当中我们可以体会出我国文字之妙。

工欲善其事，必先利其器。语文便是文学的工具。从事文学工作的人，如何能不从磨练他的语文工具开始？

漫谈翻译

翻译可以说不是一门学问，也不是一种艺术，只是一种服务。从前外国人来到中国观光，不通中国语，常雇用一名略通洋泾滨英语的人权充舌人，俗称之为"马路翻译"。做马路翻译也不容易，除了会说几句似通非通的句法不完整的蹩脚英语之外，还要略通洋人心理，拣一些洋人感兴趣的事物译给他听。为了赚几个钱糊口，在马路上奔波。这也算是一种服务。

较高级的舌人，亦即古时所谓的通译官，"能达异方之志，象胥之官也"。南方曰象，北方曰译。象胥即是司译事的官吏。如今我们也还有翻译官，政府招待外国贵宾的时候，居间总有一位翻译官。外国人讲演，有时候也有人担任翻译。这种口头翻译殊非易事，尤其是事前若未看过底稿，更难达成准确迅速的通译的任务，必其人头脑非常灵活，两种语言都有把握才成。

学术著作与文艺作品的翻译属于另一阶层，做此种翻译，无须跑马路，无须立即达成任务，可以从容推敲。虽然也是服务，但是很不轻松。有些作品在文字方面并不容易了解，或是文字古老，或是典故太多，或是涉及方言，或是意义晦涩，都足以使译者绕室彷徨，搔首踟蹰。译者不一定有学问，但是要了解原著的一字一句，不能不在落笔之前多多少少做一点探讨的功夫。有时候遇到版本问题，发现异文异义，需要细心校勘，当机立断。所以译者不是学者，而有时被情势所迫，不得不接近于学者治学态度的边缘。否则便不是良好的服务。凡是艺术皆贵创造，翻译不是创造。翻译是把别人的东西，咀嚼过后，以另一种文字再度发表出来，也可说是改头换面的复制品。然而在复制过程之中，译者也需善于运用相当优美的文字来表达原著的内容与精神，这就也像是创造了，虽然是依据别人的创造作为固定的创造素材。所以说翻译不是艺术，而也饶有一些艺术的风味。

　　在文化演进中，翻译是一项重要的工作。因为翻译帮助弘扬本国的文化，扩展思想的范围，同时引进外国的思潮和外国的文艺，刺激本国的作家学者。我们中国古时有一伟大的翻译运动——佛经的翻译，其规模之大无与伦比。由于一些西域的高僧东来传教，兼做翻译，如汉明帝时之竺法兰在洛阳白马寺与迦叶摩腾合译《四十二章经》，又自译《佛本生经》第五部十三卷，是为翻译之始。西晋竺法护译经一百七十五部，三百五十四卷，多为大乘佛典。而后秦的鸠摩罗什、南北朝之真谛，与唐之玄奘合称为中国佛教之三大翻译家，以玄奘之功绩最为艰苦卓绝。玄奘发愿学佛，间关万里，归国后译出经、论七十五部，一千三百三十五卷，译笔谨严，蔚为大观。佛经翻译不仅弘扬了佛法，对一般知识文艺阶层亦产生很大影响。其所以产生这样效果，固由于译者之宗教的热诚，政府之奖掖辅助亦为主要因素。佛经的翻译一向被视为神圣的事业。每译一经，有人主译，有人襄助。直到晚近，仍带有浓厚庄严的宗教色彩。抗战时期，我曾游四川北碚缙云山，山上有缙云寺，寺中有太虚法师主持之汉藏理学院，殿堂内有钟磬声，僧众跪蒲团上，红衣黄衣喇嘛三数辈穿梭其间，烛光荧然。余甚异之，询诸知客僧法舫，始知众僧正在开始翻译工作，从藏文佛典译为汉文。那种虔诚慎重的态度实在令人敬佩。因思唐人所撰《一切经音义》所表现对于佛经译事之认真的态度，也是不可及的。

晚清西学东渐，翻译乃成为波澜壮阔的一个运动。当时翻译名家以严几道与林琴南为巨擘。严几道译《天演论》《原富》《群学肄言》《法意》《穆勒名学》等书共九种，虽然对于国家社会的进步究有多少具体贡献很难论定，对当时知识分子的影响是不容否认的（胡适先生就是引"适者生存"之意而命名的）。他又提出了"信、达、雅"的翻译标准，直到如今还有不少人奉为圭臬。可惜的是，他用文言翻译，而又力求精简，不类翻译，反似大作其古文，例如"大宇之内，质力相推，非质无以见力，非力无以呈质"，以这样的句子来说明"天演"，文字非不简洁，声调非不铿锵，但是要一般读者通晓其义恐非易事。西洋社会科学的名著，大多本非简明易晓之作，句法细腻，子句特多，译为中文，很费心思，

117

如果再要加上古文格调，难上加难。严氏从事翻译，选材甚精，大部分皆西洋之近代名著，译事进行亦极严肃，但是严氏译作如今恐怕只好束之高阁，供少数学者偶尔作为研究参考之用。林琴南的贡献是在小说翻译方面。所译欧美小说达一百七十余种之多。以数量言，无有出其右者。他的最大短处是他自己不谙外文，全凭舌人口述随意笔写，所谓"耳受手追，声已笔止"。这样的译法，如何能铢两悉称地表达原作的面貌与精神？再则他自己不懂外国文学，所译小说常为二三流以下之作品，殊少翻译之价值。他的文言文，固是不错，鼓起国人对小说之兴趣，其功亦不在小。

白话文运动勃发以后，翻译亦颇盛行。唯嫌凌乱，殊少有计划的翻译，亦少态度谨严的翻译。许多俄、法文等欧洲小说是从英、日文转译的。翻译本来对于原著多少有稀释作用，把原文的意义和风味冲淡不少，如今再从日文、英文转译，其结果如何不难想象。

四十几年来值得一提的翻译工作的努力应该是胡适先生领导的"翻译委员会"，隶属于"中华文化基金董事会"。有胡先生的领导，有基金会的后盾。所以这个委员会做了一些工作，所译作品偏重哲学与文学，例如培根的《新工具》《哈代小说全集》《莎士比亚全集》《希腊戏剧》等凡数十种。惜自抗战军兴，其事中辍。

"国立编译馆"，顾名思义，应该兼顾编与译，但事实上所谓编，目前仅是编教科用书，所谓译则自始即是于编译科学名词外偶有点缀。既无专人司其事，亦无专款可拨用。徒负虚名，未彰实绩。抗战期间，编译馆设"翻译委员会"，然亦仅七八人常工作于其间，如蒙森之《罗马史》、亚里士多德之《诗学》、萨克雷之《纽卡姆一家》等之英译中，及《资治通鉴》之中译英。《资治通鉴》之英译为一伟大计划，缘大规模的中国历史（编年体）尚无英译本，此编之译实乃空前巨作。由杨宪益先生及其夫人戴乃迭（英籍）主其事，夫妇合作，相得益彰，胜利时已完成约三分之一，此后不知是否赓续进行。唯知杨宪益夫妇在大陆仍在做翻译工作，曾有友人得其所译之《儒林外史》见贻。"编译馆"来台复员后，人手不足，经费短绌，除做若干宣传性之翻译以外，贡献不多。偶然获得资助，则临时筹划译事。我记得曾有一次得到联合国文教组织一笔捐助，指明翻译古典作品，咨询于余，乃代为筹划译书四五种，记得其中有吴奚真译的普鲁塔克的《希腊罗马名人传》，此书是根据英国名家诺尔兹的英译本，此英译本对英国十六世纪文学发生巨大影响，在英国文学史上占重要地位，吴奚真先生译笔老练，惜仅成二卷，中华书局印行，未能终篇。近年来有齐邦媛女士主持的英译《中国现代文学选》二卷，亦一大贡献。

翻译，若认真做，是苦事。逐字逐句，矻矻穷年，其中无急功近利之可图，但是苦中亦有乐。翻译不同创作，一篇创作完成有如自己生育一个孩子，而翻译作品虽然不是自己亲生，至少也像是收养很久的一个孩子，有如亲生的一般，会视如己出。翻译又像是进入一座名园，饱览

119

其中的奇花异木，亭榭楼阁，循着路线周游一遭而出，耳目一新，心情怡然。总之，一篇译作杀青，使译者有成就感，得到满足。

翻译，可以说是舞文弄墨的勾当。不舞弄，如何选出恰当的文字来配合原著？有时候，恰当的文字得来全不费工夫，俨如天造地设，这时节恍如他乡遇故人，有说不出的快感。例如，莎士比亚剧中有 "a pissing while" 一语（见《二绅士》四幕二景二十一行），我顿时想起我们北方粗俗的一句话 "撒泡尿的工夫"，形容为时之短。又例如，莎士比亚的一句话："You threeinch fool." （见《驯悍妇》四幕一景二十七行）正好译成我们《水浒传》里的 "三寸丁"。诸如此类的例子还有许多，但是可遇不可求的。

翻译是为了人看的，但也是为己。昔人有言，阅书不如背诵书，背诵书不如抄书。把书抄写一遍，费时费力，但于抄写过程之中仔细品味书的内容，最能体会其中的意义。我们如今可以再补一句，抄书不如译书。把书译一遍费时费力更多，然而在一字不苟地字斟句酌之余必能更深入了解作者之所用心。一个人译一本书，想必是十分喜爱那一本书，花时间精力去译它，是值得的。译成一部书，获益最多的，不是读者，是译者。

人人都知道翻译重要，很少人肯致力于翻译事业的奖助。文学艺术都有公私的奖，不包括翻译在内。好像翻译不是在文艺范围以内。学术资格的审查也不收翻译作品，不论其翻译具有何等分量。好像翻译也不在学术领域之内。其实翻译也有轻重优劣之分，和研究创作一样未可一概而论。近年的翻译颇有杰出之作，例如林文月教授所译之《源氏物语》，其所表现的功力及文字上的造诣，实早已超过一般的创作与某些博士论文。潜心翻译的人，并不介意奖励之有无。但如有机关团体肯于奖助，翻译事业会更蓬勃。

翻译没有什么一定的方法可说，译者凭藉他的语文修养，斟酌字句，使原著以他认为最好的方式在另一种文字中出现而已。戏法人人会变，巧妙各有不同。

什么才是好的翻译？有人说，翻译作品而能让人读起来不像是翻译，才是好的翻译。这是外行的说法，至少是夸张语。翻译就是翻译，怎能不像翻译？犹之乎牛肉就是牛肉，怎能嚼起来不像牛肉而像豆腐？牛肉有老有嫩，但绝不会像豆腐。

意大利有一句俗话："翻译像是一个女人——貌美则不忠贞，忠贞则其貌不美。"这句话简直是污辱女性。美而不贞者固曾有之，貌美而又忠贞者则如恒河沙数。译者为了忠于原文，行文不免受到限制，因而减少了流畅，这是毋庸讳言的事。不过所谓忠，不是生吞活剥地逐字直译之谓，那种译法乃是"硬译""死译"。意译、直译均有分际，不能引为拙劣的翻译的借口。鸠摩罗什译的《金刚经》和玄奘译的《金刚经》，一为直译，一为意译，二者并存，各有千秋。

译品之优劣有时与原著之难易有关。辜鸿铭先生为一代翻译大师，其所译之英国文学作品以《疯汉骑马歌》及《古舟子咏》二诗最为脍炙人口，确实是既忠实又流利。但是我们要注意，这两首诗都是歌谣体的叙事诗，虽然里面也有抒情的成分。其文字则极浅显易晓，其章节的形式与节奏则极简单。以辜氏中英文字造诣之深，译此简明之作，当然游刃有余。设使转而翻译弥尔顿之《失乐园》，其得失如何恐怕很难预测了。

　　关于翻译我还有几点拙见：

　　一、无论是机关主持的或私人进行的翻译，对于原著的选择宜加审慎。愚以为有学术性者，有永久价值者，为第一优先。有时代需要者，当然亦不可尽废。唯尝见一些优秀的翻译人才做一些时髦应世的翻译，实乃时间精力的浪费。西方所谓畅销书，能禁得时间淘汰者为数不多，即以使世俗震惊的诺贝尔文学奖而言，得奖的作品有很多是实至名归，但亦有浪得虚名不服众望者，全部予以翻译，似不值得。

　　二、译者不宜为讨好读者而力求提高文字之可读性，甚至对于原著不惜加以割裂。好多年前，我曾受委托审查一部名家的译稿——吉本的《罗马衰亡史》。这是一部大书，为史学文学的杰作。翻阅了几页，深喜其译笔之流畅，迨与原文对照乃大吃一惊。原文之细密描写部分大量的被删割了，于其删割之处巧为搭接，天衣无缝。译者没有权利做这样的事。又曾读过另一位译者所译十六世纪英国戏剧数部，显然他对于十六世纪英文了解不深。英文字常有一字数义，例如 flag 译为"旗"，似是不误，殊不知此字另有一义为"菖蒲"。这种疏误犹可原谅，其大量的删节原作，动辄一二百行则是大胆不负责任的行为，徒以其文字浅显为一些人所赞许。

三、中西文法不同，文句之结构自异。西文多子句，形容词的子句，副词的子句，所在多是，若一律照样翻译成中文，则累赘不堪，形成为人诟病的欧化文。我想译为中文不妨以原文的句为单位，细心体会其意义，加以咀嚼消化，然后以中文的固有方式表达出来。直译、意译之益或可兼而有之。西文句通常有主词，中文句常无主词，此又一不同之例。被动语态，中文里也宜比较少用。

四、翻译人才需要培养，应由大学国文英语学系及研究所担任重要角色。不要开翻译课，不要开训练班，因为翻译人才不能速成，没有方法可教，抑且没有人能教。在可能范围之内，师生都该投入这一行业。重要的是改正以往的观念，莫再把翻译一概摒斥在学术研究与文艺活动之外。对于翻译的要求可以严格，但不宜轻视。

中国语文的三个阶段

语文和其他的人类行为一样，因人而异，并不能是到处完全一致的。我们的国语国文，有其基本的法则，无论在读法、语法、句法，各方面都已约定俗成，通行无碍。但是我们若细按其内容，便会发现在成色上并不尽同，至少可以分为三个阶层：粗俗的、标准的、文学的。

所谓粗俗的语文，即是指一般文盲以及没有受过多少教育的民众所使用的语文而言。从前林琴南先生攻击白话文，斥为"引车卖浆者流"所使用的语文，实即指此而言。这一种语文，字汇很贫乏，一个字可以当许多字用，而且有些字有音无字，没法写出来。但是在词汇方面相当丰富，应事实之需要随时有新词出现。这种语文，一方面固然粗俗、鄙陋、直率、浅薄，但在另一方面有时却也有朴素的风致、活泼的力量和奇异的谐趣。方言土语也是属于此一范畴。

粗俗的语文尽管是由民众广泛地在使用着，究竟不足为训。所谓语文教育的目的，大部分在于标准语文的使用之训练。所谓标准语文，异于方言土语，是通行全国的，而其词句语法皆合于一般公认的标准，并且语句雅驯，不包括俚语、鄙语在内。我们承认北平区域的语言为国语，这只是说以北平区域的发音为国语的基准，并不包括北平的土语在内。一个北平的土著，他的国语发音的能力当然是没有问题的，但是他的每个字的读音未必全是正确，因为他有许多土音夹杂在内。有人勉强学习国语，在不该加"儿"字的地方也加"儿"，实在是画蛇添足。

标准语写出来不一定就是好的标准文，语与文中间还是有一点距离的。心里怎样想，口里怎样说，笔下怎样写，——这道理是对的，但是由语变成文便需有剪裁的功夫。很少的人能文不加点，更少的人能出口成章。说话夹七夹八，行文拖泥带水，是我们最容易犯的毛病。语体文常为人所诟病，以为过于粗俗，纵能免于粗俗，仍嫌平庸肤浅，甚至啰唆无味，须知标准语文本身亦有高下不同的等级，未可一概而论。"引车卖浆者流"的粗俗语文，固无论矣，受过教育的人，其说话作文，有的简截了当，有的冗沓枝节，有的辞不达意，有的气盛言宜。语文训练便是教人一面怎样说话，一面怎样作文，话要说得明白清楚，文要写得干净利落。

语文而达到文学的阶层便是最高的境界了。文学的语文是供人欣赏的，其本身是经过推敲的，其措辞用字千锤百炼以能充分而适当的表达情意为主。如何使声调保有适当的节奏之美，如何巧妙地使用明譬与暗喻，如何用最经济的手法描写与陈述，这都是应在随时考虑之中的课题。一个文学作家如果缺乏一个有效的语文工具，只能停滞在"清通"的阶段，那将是很大的缺憾。因为"清通"的语文只能算是日常使用的标准语文，不能符合文学的需要。固然，绚烂之极趋于平淡。但是那平不是平庸之平，那淡不是淡而无味之淡，那平淡乃是不露斧斤之痕的一种艺术韵味，与那稀松平常的一览无遗的标准语文是大不相同的。文学的语文之造诣，有赖于学力，亦有赖于天才，而且此种语文亦只求其能适当，雕琢过分则又成了毛病。

这三种语文虽有高下之不同，却无优劣之判。在哪一种环境里便应使用哪一种语文。事实上也没有一个人能永远使用某一阶层的语文，除非那一个人永远是文盲。粗俗的语文在文学作品里有时候也有它的地位，例如在小说里要描写一个市井无赖，最好引用他那种粗俗的对话。优美的文学用语如果用在日常生活的谈吐中间，便要令人觉得不亲切、不自然，甚至是可笑。对语文训练感兴趣的人，似应注意到下列三点：粗俗的方言俚语应力求避免，除非在特殊的机缘偶一使用；标准语文应力求其使用纯熟；文学的语文则有志于文艺创作者必须痛下功夫勤加揣摩。

4

第四辑

心境决定环境

心念一旦真正转化，
生活也会慢慢跟着改变，
遭遇的人与事，
都会渐渐不同。

信

　　早起最快意的一件事，莫过于在案上发现一大堆信——平、快、挂，七长八短的一大堆。明知其间未必有多少令人欢喜的资料，大概总是说穷诉苦、琐屑累人的居多，常常令人终日寡欢，但是仍希望有一大堆信来。Marcus Aurelius 曾经说："每天早晨离家时，我对我自己说，'我今天将要遇见一个傲慢的人，一个忘恩负义的人，一个说话太多的人。这些人之所以如此，乃是自然而且必要的，所以不要惊讶。'"我每天早晨拆阅来信，亦先具同样心理，不但不存奢望，而且预先料到我今天将要接到几封催命符式的讨债信，生活比我优裕而反来向我告贷的信，以及看了不能令人喜欢的喜报，不能令人不喜欢的讣闻等。世界上是有此等人、此等事，所以我当然也要接得此等信，不必惊讶。最难堪的，是遥望绿衣人来，总是过门不入，那才是莫可名状的凄凉，仿佛有被人遗弃之感。

　　有一种人把自己的文字润格定得极高，颇有一字千金之概，轻易是不肯写信的。你写信给他，永远是石沉大海，假如忽然间朵云遥颁，而且多半是又挂又快，隔着信封摸上去，沉甸甸的，又厚又重——放心，里面第一页必是抄自《尺牍大全》，"自违雅教，时切遐思，比维起居清泰为颂为祷"这么一套，正文自第二页开始，末尾于顿首之后，必定还要标明"鹄候回音"四个大字，外加三个密圈，此外必不可少的是另附恭楷履历硬卡片一张。这种信也有用处，至少可以令我们知道此人依然健在，此种信不可不复，复时以"……俟有机缘，定当驰告"这么一套为最得体。

另一种人，好以纸笔代喉舌，不惜工本，写信较勤。刊物的编者大抵是以写信为其主要职务之一，所以不在话下。因误会而恋爱的情人们，见面时眼睛都要迸出火星，一旦隔离，焉能不情急智生，烦邮差来传书递简？ Herrick 有句云："嘴唇只有在不能接吻时才肯歌唱。"同样的，情人们只有在不能喁喁私语时才要写信。情书是一种紧急救济，所以亦不在话下。我所说的爱写信的人，是指家人朋友之间聚散匆匆，暌违之后，有所见，有所闻，有所忆，有所感，不愿独秘，愿人分享，则乘兴奋笔，借通情愫。写信者并无所求，受信者但觉情谊翕如，趣味盎然，不禁色起神往。在这心情之下，朋友的信可作为宋元人的小简读，家书亦不妨当作社会新闻看。看信之乐，莫过于此。

写信如谈话。痛快人写信，大概总是开门见山。若是开门见雾，模模糊糊，不知所云，则其人谈话亦必是丈八罗汉，令人摸不着头脑。我又尝接得另外一种信，突如其来，内容是讲学论道，洋洋洒洒，作者虽未要我代为保存，我则觉得责任太大，万一庋藏不慎，岂不就要湮没名文。老实讲，我是有收藏信件的癖好的，但亦略有抉择：多年老友，误入仕途，使用书记代笔者，不收；讨论人生观一类大题目者，不收；正文自第二页开始者，不收；用钢笔写在宣纸上有如在汉墨纸上写字者，不收；横写或在左边写起者，不收；有加新式标点之必要者，不收；没有加新式标点之可能者亦不收；恭楷者，不收；潦草者，亦不收；作者未归道山，即可公开发表者，不收；如果作者已归道山，而仍不可公开发表者，亦不收！……因为有这样多的限制，所以收藏不富。

信里面的称呼最足以见人情世态。有一位业教授的朋友告诉我，他常接到许多信件，开端如果是"夫子大人函丈"或"××老师钧鉴"，写信者必定是刚刚毕业或失业的学生，甚而至于并不是同时同院系的学生，其内容泰半是请求提携的意思。如果机缘凑巧，再加上铨叙合格，连米贴房贴算在一起足够两个教授的薪水，他写起信来便干干脆脆地称兄道弟了！我的朋友言下不胜唏嘘，其实是他所见不广。师生关系，原属雇佣性质，焉能不受阶级升黜的影响？

书信写作西人尝称之为"最温柔的艺术"，其亲切细腻仅次于日记。我国尺牍，尤多精粹之作。但居今之世，心头萦绕者尽是米价涨落问题，一袋袋的邮件之中要拣出几篇雅丽可诵的文章来，谈何容易。

洋罪

有些人，大概是觉得生活还不够丰富，于顽固的礼教、愚昧的陋俗、野蛮的禁忌之外，还介绍许多外国的风俗习惯，甘心情愿地受那份洋罪。

例如：宴集茶会之类偶然恰是十三人之数，原是稀松平常之事，但往往就有人把事态扩大，认为情形严重，好像人数一到十三，其中必将有谁虽欲"寿终正寝"而不可得的样子。在这种场合，必定有先知先觉者托故逃席，或临时加添一位，打破这个凶数，又好像只要破了十三，其中人人必然"寿终正寝"的样子。对于十三的恐怖，在某种人中间近已颇为流行。据说，它的来源是外国的。耶稣基督被他的使徒犹大所卖，最后晚餐时便是十三人同席。因此十三成为不吉利的数目。在外国，听说不但宴集之类要避免十三，就是旅馆的号数也常以十二A来代替十三。这种近于迷信而且无聊的风俗，移到中国来，则于迷信与无聊之外，还应该加上一个可嗤！

再例如：划火柴给人点纸烟，点到第三人的纸烟时，则必有热心者迫不及待地从旁嘘一口大气，把你的火柴吹熄。一根火柴不准点三支纸烟。据博闻者说，这风俗也是外国的。好像这风俗还不怎样古，就在上次大战的时候，夜晚战壕里的士兵抽烟，如果火柴的亮光延续到能点燃三支纸烟那么久，则敌人的枪弹炮弹必定一齐飞来。这风俗虽"与抗战有关"，但在敌人枪炮射程以外的地方，若不加解释，则仍容易被人目为近于庸人自扰。

又例如：朋辈对饮，常见有碰杯之举，把酒杯碰得咣一声响，然后同时仰着脖子往下灌，咕噜咕噜地灌下去，点头咂嘴，踌躇满志。为什么要碰那一下子呢？这又是外国规矩。据说在相当古的时候，而人心即已不古，于揖让酬应之间，就许在酒杯里下毒药，所以主人为表明心迹起见，不得不与客人喝个"交杯酒"，交杯之际，咣的一声是难免的。到后来，去古日远，而人心反倒古起来了，酒杯里下毒药的事情渐不多见，主客对饮只需做交杯状，听那咣当一响，便可以放心大胆地喝酒了。碰杯之起源，大概如此。在"安全第一"的原则之下，喝交杯酒是未可厚非的。如果碰一下杯，能令我们警惕戒惧，不致忘记了以酒肉相饷的人同时也有投毒的可能，而同时酒杯质料相当坚牢不致磕裂碰碎，那么，碰杯的风俗却也不能说是一定要不得。

大概风俗习惯，总是慢慢养成，所以能在社会通行。如果生吞活剥地把外国的风俗习惯移植到我们的社会里来，则必窒碍难行，其故在不服水土。讲到这里我也有一个具体的而且极端的例子：

四月一日，打开报纸一看，皇皇启事一则如下："某某某与某某某今得某某某与某某某先生之介绍及双方家长之同意，订于四月一日在某某处行结婚礼，国难期间一切从简，特此敬告诸亲友。"结婚只是男女两人的事，与别人无关，而别人偏偏最感兴趣。启事一出，好事者奔走相告，更好事者议论纷纷，尤好事者拍电致贺。

四月二日报纸上有更皇皇的启事一则如下："某某某启事，昨为西俗愚人节，友人某某某先生遂假借名义，代登结婚启事一则以资戏弄，此事概属乌有，诚恐淆乱听闻，特此郑重声明。"好事者嗒然若丧，更好事者引为谈助，尤好事者则去翻查百科全书，寻找愚人节之源起。

四月一日为愚人节，西人相绐以为乐。其是否为陋俗，我们管不着，其是否把终身大事也划在相绐的范围以内，我们亦不得知。我只觉得这种风俗习惯，在我们这国度里，似嫌不合国情。我觉得我们几乎是天天在过愚人节。舞文弄墨之辈，专作欺人之谈，且按下不表，单说市井习见之事，即可见我们平日颇不缺乏相绐之乐。有些店铺高高悬起"言无二价""童叟无欺"的招牌，这就是反映着一般的诳价欺骗的现象。凡是约期取件的商店，如成衣店、洗衣店、照相馆之类，因爽约而使我们徒劳往返的事是很平常的，然对外国人则不然，与外国人约甚少爽约之事。我想这原因大概就是外国人只有在四月一日那一天才肯以相绐为乐，而在我们则一年三百六十五天，随便那一天都无妨定为愚人节。

　　愚人节的风俗，在我个人，并不觉得生疏，我不幸从小就进洋习甚深的学校，到四月一日总有人伪造文书诈欺取乐，而受愚者亦不以为忤。现在年事稍长，看破骗局甚多，更觉谑浪取笑无伤大雅。不过一定要仿西人所为，在四月一日这一天把说谎普遍化、合理化，而同时在其余的三百六十多天又并不仿西人所为，仍然随时随地地言而无信互相欺诈，我终觉得大可不必。

　　外国的风俗习惯永远是有趣的，因为异国情调总是新奇的居多。新奇就有趣。不过若把异国情调生吞活剥地搬到自己家里来，身体力行，则新奇往往变成为桎梏，有趣往往变成为肉麻。基于这种道理，很有些人至今喝茶并不加白糖与牛奶。

山

最近有幸，连读两本出色的新诗。一是夏菁的《山》，一是楚戈的《散步的山峦》。两位都是爱山的诗人。诗人哪有不爱山的？可是这两位诗人对于山有不寻常的体会、了解与感情。使我这久居城市樊笼的人，读了为之神往。

夏菁是森林学家，游遍天下，到处造林。他为了职业关系，也非经常上山不可。我曾陪他游过阿里山，在传说闹鬼的宾馆里住了一晚，杀鸡煮酒，看树面山（当然没有遇见鬼，不过夜月皎洁，玻璃窗上不住的有剥啄声，造成近似"咆哮山庄"的气氛，实乃一只巨大的扑灯蛾在扑通着想要进屋取暖）。夏菁是极好的游伴，他不对我讲解森林学，我们只是看树看山，有说有笑，不及其他。他在后记里说："我的工作和生活离不开山，而爬山最能表达一种追求的恒心及热诚。然而，山是寂寞的象征，诗是寂寞的，我是寂寞：

有一些空虚，

就想到山，或是什么不如意。

山，你的名字是寂寞，

在我寂寞时念你。"

普通人在寂寞时想找伴侣，寻热闹。夏菁寂寞时想山。山最和他谈得来。其中有一点泛神论的味道，把山当作是有生命的东西。山不仅是一大堆、高高一大堆的石头，要不然怎能"相看两不厌"呢？在山里他执行他的业务，显然的他更大的享受是进入"与自然同化"的境界。

山，凝重而多姿，可是它心里藏着一团火。夏菁和山太亲密了，他也沾染上青山一般的妩媚，他的诗，虽然不像喜玛拉雅山，不像落矶山那样的岑崟参差，但是每一首都自有丘壑，而且蕴藉多情，格律谨严，文字洗炼，据我看像是有英国诗人豪斯曼的风味，也有人说像佛罗斯特。有一首《每到二月十四日》，我读了好多遍，韵味无穷。

每到二月十四，

我就想到情人市，

想到相如的私奔，

范仑铁诺的献花人。

每到二月十四，

想到献一首歌词。

那首短短的歌词，
十多年还没写完：
还没想好意思，
更没有谱上曲子。
我总觉得惭愧不安，
每到二月十四。

每到二月十四，
我心里澎湃不停，
要等我情如止水，
也许会把它完成。

（原注："情人市（Loveland）在科罗拉多北部，每逢二月十四日装饰得非常动人。"）

我在科罗拉多州住过一年，没听说北部有情人市，那是六十多年前的事了（一九六零年时人口尚不及万）。不过没关系，光是这个地方就够引起人的遐思。凡是有情的人，哪个没有情人？情人远在天边，或是已经隔世，都是令人怅惘的事。二月十四是情人节，想到情人市与情人节，难怪诗人心中澎湃。

楚戈是豪放的浪漫诗人。《散步的山峦》有诗有书有画，集三绝于一卷，

楚戈的位于双溪村绝顶的"延宕斋"，我不曾造访过，想来必是一个十分幽雅穷居独游的所在，在那里：

可以看到

山外还有

山山山山

山外之山不是只露一个山峰

而是朝夕变换

呈现各种不同的姿容

谁知望之俨然的

山也是如此多情

谢灵运《山居赋》序："古巢居穴处者曰岩栖，栋宇居山者曰山居……山居良有异乎市廛，抱疾就闲，顺从性情……"楚戈并不闲，故宫博物院钻研二十年，写出又厚又重的一大本《中国古物》，我参观他的画展时承他送我一本，我拿不动，他抱书送我到家，我很感动。如今他搜集旧作，自称是"古物出土"有诗有画，时常是运行书之笔，写篆书之体，其恣肆不下于郑板桥。

山峦可以散步吗？出语惊人。有人以为"有点不通"，楚戈的解释是："我以为山会行走……我并不把山看成一堆死岩。"禅家形容人之开悟的三阶段：初看山是山、水是水；继而山不是山、水不是水；终乃山还是山、水还是水。是超凡入圣、超圣入凡的意思。看楚戈所写"山的变奏"，就知道他懂得禅，他不仅对山有所悟，他半生坎坷，尝尽人生滋味，所谓"烦恼即菩提"，对人生的真谛他也看破了。我读他的诗，有一种说不出的震撼。

夏菁和楚戈的诗，风味迥异，而有一点相同：他们都使用能令人看得懂的文字。他们偶然也用典，但是没有故弄玄虚的所谓象征。我想新诗若要有开展，应该循着这一条路走。

雪

　　李白句："燕山雪花大如席"。这话靠不住，诗人夸张，犹"白发三千丈"之类。据科学的报导，雪花的结成视当时当地的气温状况而异，最大者直径三至四寸。大如席，岂不一片雪花就可以把整个人盖住？雪，是越下得大越好，只要是不成灾。雨雪霏霏，像空中撒盐，像柳絮飞舞，缓缓而下，真是有趣，没有人不喜欢。有人喜雨，有人苦雨，不曾听说谁厌恶雪。就是在冰天雪地的地方，爱斯基摩人也还利用雪块砌成圆顶小屋，住进去暖和得很。

　　赏雪，须先肚中不饿。否则雪虐风饕之际，饥寒交迫，就许一口气上不来，焉有闲情逸致去细数"一片一片又一片……飞入梅花都不见"？后汉有一位袁安，大雪塞门，无有行路，人谓已死，洛阳令令人除雪，发现他在屋里僵卧，问他为什么不出来，他说："大雪人皆饿，不宜干人。"此公戆得可爱，自己饿，料想别人也饿，我相信袁安僵卧的时候一定吟不出"风吹雪片似花落"之类的句子。晋王子猷居山阴，夜雪初霁，月色清朗，忽然想起远在剡的朋友戴安道，即便夜乘小舟就之，经宿方至，造门不见而返。假如没有那一场大雪，他固然不会发此奇兴，假如他自己饘粥不继，他也不会风雅到夜乘小船去空走一遭。至于谢安石一门风雅，寒雪之日与儿女吟诗，更是富贵人家事。

一片雪花含有无数的结晶，一粒结晶又有好多好多的面，每个面都反射着光，所以雪才显着那样的洁白。我年轻时候听说从前有烹雪论茗的故事，一时好奇，便到院里就新降的积雪掬起表面的一层，放在甑里融成水，煮沸，走七步，用小宜兴壶，沏大红袍，倒在小茶盅里，细细品啜之，举起喝干了的杯子就鼻端猛嗅三两下——我一点也不觉得两腋生风，反而觉得舌本闲强。我再检视那剩余的雪水，好像有用矾打的必要！空气污染，雪亦不能保持其清白。有一年，我在汴洛道上行役，途中车坏，时值大雪，前不巴村后不着店，饥肠辘辘，乃就路边草棚买食，主人飨我以挂面，我大喜过望。但是煮面无水，主人取洗脸盆，舀路旁积雪，以混沌沌的雪水下面。虽说饥者易为食，这样的清汤挂面也不是顶容易下咽的。从此我对于雪，觉得只可远观，不可亵玩。苏武饥吞毡渴饮雪，那另当别论。

雪的可爱处在于它的广被大地，覆盖一切，没有差别。冬夜拥被而眠，觉寒气袭人，蜷缩不敢动，凌晨张开眼皮，窗棂窗帘隙处有强光闪映大异往日，起来推窗一看，——啊！白茫茫一片银世界。竹枝松叶顶着一堆堆的白雪，权芽老树也都镶了银边。朱门与蓬户同样的蒙受它的沾被，雕栏玉砌与瓮牖桑枢没有差别待遇。地面上的坑穴洼溜，冰面上的枯枝断梗，路面上的残刍败屑，全都罩在天公抛下的一件鹤氅之下。雪就是这样的大公无私，装点了美好的事物，也遮掩了一切的污秽，虽然不能遮掩太久。

雪最有益于人之处是在农事方面，我们靠天吃饭，自古以来就看上天的脸色，"天上同云，雨雪霏霏。……既霑既足，生我百谷。"俗语所说"瑞雪兆丰年"，即今冬积雪，明年将丰之谓。不必"天大雪，至于牛目"，盈尺就可成为足够的宿泽。还有人说雪宜麦而辟蝗，因为蝗遗子于地，雪深一尺则入地一丈，连虫害都包治了。我自己也有过一点类似的经验，堂前有芍药两栏，书房檐下有玉簪一畦，冬日几场大雪扫积起来，堆在花栏花圃上面，不但可以使花根保暖，而且来春雪融成了天然的润溉，大地回苏的时候果然新苗怒发，长得十分茁壮，花团锦簇。我当时觉得比堆雪人更有意义。

据说有一位枭雄吟过一首《咏雪》的诗："黄狗身上白，白狗身上肿，出门一啊喝，天下大一统。"俗话说"官大好吟诗"，何况一位枭雄在夤缘际会踌躇满志的时候？这首诗不是没有一点巧思，只是趣味粗犷得可笑，这大概和出身与气质有关。相传法国皇帝路易十四写了一首三节联韵诗，自鸣得意，征求诗人批评家布瓦洛的意见，布瓦洛说："陛下无所不能，陛下欲做一首歪诗，果然做成功了。"我们这位枭雄的《咏雪》，也应该算是很出色的一首歪诗。

鸟

我爱鸟。

从前我常见提笼架鸟的人，清早在街上蹓跶（现在这样有闲的人少了）。我感觉兴味的不是那人的悠闲，却是那鸟的苦闷。胳膊上架着的鹰，有时头上蒙着一块皮子，羽翮不整地蜷伏着不动，哪里有半点瞵视昂藏的神气？笼子里的鸟更不用说，常年地关在栅栏里，饮啄倒是方便，冬天还有遮风的棉罩，十分的"优待"，但是如果想要"抟扶摇而直上"，便要撞头碰壁。鸟到了这种地步，我想它的苦闷，大概是仅次于贴在胶纸上的苍蝇，它的快乐，大概是仅优于在标本室里住着吧？

我开始欣赏鸟，是在四川。黎明时，窗外是一片鸟啭，不是叽叽喳喳的麻雀，不是呱呱噪啼的乌鸦，那一片声音是清脆的，是嘹亮的，有的一声长叫，包括着六七个音阶，有的只是一个声音，圆润而不觉其单调，有时是独奏，有时是合唱，简直是一派和谐的交响乐，不知有多少个春天的早晨，这样的鸟声把我从梦境唤起。等到旭日高升，市声鼎沸，鸟就沉默了，不知到哪里去了。一直等到夜晚，才又听到杜鹃叫，由远叫到近，由近叫到远，一声急似一声，竟是凄绝的哀乐。客夜闻此，说不出的酸楚！

在白昼，听不到鸟鸣，但是看得见鸟的形体。世界上的生物，没有比鸟更俊俏的。多少样不知名的小鸟，在枝头跳跃，有的曳着长长的尾巴，有的翘着尖尖的长喙，有的是胸襟上带着一块照眼的颜色，有的是飞起来的时候才闪露一下斑斓的花彩。几乎没有例外的，鸟的身躯都是玲珑饱满的，细瘦而不干瘪，丰腴而不臃肿，真是减一分则太瘦，增一分则太肥那样的秾纤合度，跳荡得那样轻灵，脚上像是有弹簧。看它高踞枝头，临风顾盼——好锐利的喜悦刺上我的心头。不知是什么东西惊动它了，它倏地振翅飞去，它不回顾，它不悲哀，它像虹似的一下就消逝了，它留下的是无限的迷惘。有时候稻田里伫立着一只白鹭，蜷着一条腿，缩着颈子，有时候"一行白鹭上青天"，背后还衬着黛青的山色和油绿的梯田。就是抓小鸡的鸢鹰，啾啾地叫着，在天空盘旋，也有令人喜悦的一种雄姿。

我爱鸟的声音、鸟的形体，这爱好是很单纯的，我对鸟并不存任何幻想。有人初闻杜鹃，兴奋得一夜不能睡，一时想到"杜宇""望帝"，一时又想到啼血，想到客愁，觉得有无限诗意。我曾告诉他事实上全不是这样的。杜鹃原是很健壮的一种鸟，比一般的鸟魁梧得多，扁嘴大口，并不特别美，而且自己不知构巢，依仗体壮力大，硬把卵下在别个的巢里，如果巢里已有了够多的卵，便不客气地给挤落下去，孵育的责任由别个代负了，孵出来之后，羽毛渐丰，就可把巢据为己有。那人听了我的话之后，对于这豪横无情的鸟，再也不能幻出什么诗意来了。我想济慈的《夜莺》，雪莱的《云雀》，还不都是诗人自我的幻想。与鸟何干？

鸟并不永久地给人喜悦，有时也给人悲苦。诗人哈代在一首诗里说，他在圣诞的前夕，炉里燃着熊熊的火，满室生春，桌上摆着丰盛的筵席，准备着过一个普天同庆的夜晚，蓦然看见在窗外一片美丽的雪景当中，有一只小鸟踏局缩缩地在寒枝的梢头踞立，正在啄食一颗残余的僵冻的果儿，禁不住那料峭的寒风，栽倒在地上死了，滚成一个雪团！诗人感喟曰："鸟！你连这一个快乐的夜晚都不给我！"我也有过一次类似经验，在东北的一间双重玻璃窗的屋里，忽然看见枝头有一只麻雀，战栗地跳动抖擞着，在啄食一块干枯的叶子。但是我发见那麻雀的羽毛特别的长，而且是蓬松戟张着的，像是披着一件蓑衣，立刻使人联想到那垃圾堆上的大群褴褛而臃肿的人，那形容是一模一样的。那孤苦伶仃的麻雀，也就不暇令人哀了。

自从离开四川以后，不再容易看见那样多类型的鸟的跳荡，也不再容易听到那样悦耳的鸟鸣。只是清早遇到烟突冒烟的时候，一群麻雀挤在檐下的烟囱旁边取暖，隔着窗纸有时还能看见伏在窗棂上的雀儿的映影。喜鹊不知逃到哪里去了。带哨子的鸽子也很少看见在天空打旋。黄昏时偶尔还听见寒鸦在古木上鼓噪，入夜也还能听见那像哭又像笑的鸱枭的怪叫。再令人触目的就是那些偶然一见的囚在笼里的小鸟儿了，但是我不忍看。

百草山

　　《百草山》是我小时最爱看的戏之一。因为这是一出武戏，打斗火炽，场面热闹。当年最负盛名的武旦九阵风（阎岚秋）饰演此剧之王大娘，我曾观赏多次，印象深刻。那时候的九阵风大约四十岁左右，但是他的扮相奇佳，他并不美姿容，可是眉宇间自有一股媚态，嗓音也好，略带沙哑，而有韵味。他的踩跷的功夫也深，打出手递家伙更是他的绝技。就因为贪迷九阵风，我小时买了不少小型的枪刀棍棒之类，在家中院里私自练习起来。练靶子谈何容易，当时只是童年游戏而已。和我一同玩耍的是我的先兄。偶然一次，他掷过双枪，我一脚踢回去，他伸手接住，我们当时那份高兴真不可以言语形容。这是七十多年前的事了。

　　乙丑元宵才过，沈苇窗先生来，邀我和菁清去看戏。戏院封箱过后开台，例演吉祥大戏，情不可却。百草山为仙禽栖息之寺，附近有妖作怪，幻化人形，即王大娘，观音大士遣土地捉妖未果，乃派仙禽降之，故剧名又为《百鸟朝凤》，与当晚大轴《甘露寺》之又名《龙凤呈祥》，同为取其吉利之意。隔七十余年再观《百草山》，也算是重温旧梦。

《百草山》的主角是王大娘，但是仙禽中之孔宣也是旗鼓相当的角色。扮孔宣的是朱陆豪，扮王大娘的是朱胜丽。朱陆豪为近年来武生行中之最杰出者，他的动作干净利落，中规中矩，而且劲道十足，英气逼人。听说他最近演戏腰部受伤，看他这次的《百草山》的演出，想已康复。武戏中激烈打斗，难免受伤。尤其是有些动作过于危险，两年前朱陆豪演《金钱豹》，表演"摔壳子"，从三张桌叠起的高处翻跃而下，我就表示那是不需要的冒险动作。武戏中的打斗应该是点到为止，有象征意味就行。从前北平舞台上开始有以真刀真枪上场者，识者辄嗤之为"海派"。武旦朱胜丽的王大娘，身手不凡，好几手递家伙，准确无疵，功夫到家。钱陆正的"土地"，嗓音宏亮，口齿也清楚，是好搭配。

　　就剧情而论，《百草山》不单纯，实际上是两部分的拼凑。前一部分是锯大缸，土地爷变做箍漏锅的，挑着担子满街跑，吆喝着"锯盆儿，锯碗儿，锯大缸，一来就来到了王家庄。"他边走边唱，由唢呐伴奏，唱一句就由唢呐帮腔一声，大有民间歌谣意味。唢呐本是西域军中之乐，在我国北方民间流行甚广，其音粗糙尖锐，有其特殊情调。后一部分是降妖，一场大武戏。翻筋斗的表演，这一晚很出色，人多场面大，花样不少。"筋头虫"不再像是从前光脊梁上场，应该算是一大进步。两部分凑在一起，虽然不合剧情单一的原则，但仍有其故事的贯穿，不足为病。

　　苇窗先生为资深戏迷，这一晚我听到他三次大声叫好。叫好是我国旧戏院的习惯，观众得到感受上的满足，情不自禁的喊出一声："好！"

通常是一群观众同时轰然一声的大叫，与英语所谓"彩声震塌了房子"正是同一情趣。在台湾近来很少保持叫好的人。苇窗先生第一声叫好是在朱陆豪露相的一刻，从前名伶一挑帘露面，观众即报以一声好，是为"碰头好"，表示期待已久忽然得见时的快乐心情。朱陆豪的风度赢得了他的一声好。第二声叫好是朱陆豪和朱胜丽鏖战之后，随着紧密的锣鼓点儿准确的戛然而止，在台前挺身露相的那一刻。第三声好是《甘露寺》乔玄唱完"将计就计结鸾俦"那一段的时候送给周正荣老板的。周老板的唱功当今独步。菁清告诉我，苇窗自己票过《甘露寺》，苇窗先生补上一句"不止一次"。

西方剧院观众，喝彩鼓掌是在剧终之后，我们旧剧观众从前是在剧中各精彩段落后随时叫好。不该叫好的时候不可以叫好，更不可以怪声叫好，除非那是叫倒好。谭富英出科不久，在吉祥茶园贴《四郎探母》，唱到"站立宫门叫小番"，一时嗓子不听使唤，一声嘎调没有嘎上去，登时一片倒好，情形很尴尬。第二天仍贴《四郎探母》，一声嘎调唱得格外响亮，算是找补回去昨一天的面子。据说在不该叫好的时候叫好，尤其是怪声叫好，那后果是严重的，学员会亲自前去请教，如果他说不出令人满意的道理，可能挨一顿揍。

清华的环境

一、清华园的邻里

我们由北京西直门乘车向西北走，沿着广植官柳的马路，穿过海淀的市街，或是穿行乡间的小径，经由清华园车站，约有十里多路的光景，便到了清华园了。

清华的校门是灰砖砌的，涂着洁白的油质，一片缟素的颜色反映着两扇虽设而常开的铁制黑栅栏门。门前站立着一名守卫的警察。门的弯弧上面镶嵌着一块大理石，石上镌着清那桐写的"清华园"三个擘窠大字。

一条小河绕着园墙的东南两面，正对着校门就是一座宽可十步的石桥，跨在这条汩汩不息的小河上面。桥头是停放车辆的地方，平常有二三十辆人力车排齐了放着，间或也有几匹赛驴拴在木桩上。校门是南向的。我们逆溯着小河西行，便是一条坦直的小马路，路的两旁栽着槐柳，一棵槐间着一棵柳。这些棵树，因为人工修削的缘故，长得异常的圆整高大，树枝子全都交接起来，在夏天的时候，马路上洒满了棋盘块似的树荫。路的左面是小河，右面便是清华的园墙。墙不是砖砌的，却是用石块堆成的，一片灿烂黑黄的颜色就像一张斑斓虎皮一般。枝蔓的"爬山虎"时常从墙里面爬过了墙头，垂在墙外。我们走尽了路头，正是到了园墙的西南角。再走过几步，便到了那断垣摧井、瓦砾盈场的圆明园的大门了。这个寂静的颓废的圆明园，便是清华园最密切的西边的近邻。

清华的东北两面，全是农田了；——麦田最多，高粱、玉蜀黍、荞麦次之。间或我们也可以看见几块稻田，具体而微地生长着，时常滋满了三角叶片的粗豪的茨菇。麦田有时又种着瘫睡不起的白薯——哦！一片一片的尽是白薯。在这种田家风景当中，除了农人的泥舍和收获以外，最触入眼帘的要算是那叠叠的茔冢和郁郁的墓林了。

清华的四邻，不过如此：南面是一条小河，西面是圆明园遗址，东北两面是一片茫茫的农田。而清华比较的远些的邻里也颇有几处名胜的地方。过圆明园迤西，飞阁栋宇宏伟瑰丽的颐和园巍然雄立；再往西走，我们可以看见"天下第一泉"的玉泉山，高塔建瓴，插入云霄；再西去，则是翠微矫险的西山了。由清华至西山，约有十余里。由清华南行，直趋车站，再南行数里可抵大钟寺，内有巨钟，列世界巨钟第四。由清华乘火车北行，三小时的工夫可以到八达岭，岭上有万里长城，蜿蜒不断。

清华园是在这样的邻里中间卜居。

二、入校门的第一瞥

我们跨进校门的头一步，举目一望，但见：一条马路，两旁树着葱碧的矮松；马路歧处，一片平坦的草地，在冬天像一块骆驼绒，在夏天像一块绿茵褥，草地尽处便是庞然隆大圆顶红砖的大礼堂。我们且把直射的视线收回，向上面看：离校门十步的所在，立着两棵细高直挺的灌木，好像是守门的两尊铜像；校门西面又是两棵硕大的白杨。且说这两棵白杨，有六丈多高，干有三人合抱那样的粗，在夏秋之交，树叶籁籁的声音像奔涛，像瀑布，像急雨，像万千士卒之鼓噪；——我们校内的诗人曾这样地唱了：

有风白杨萧萧着，

没风白杨也萧萧着，——

萧萧外园里更没有些个什么。

实在，我们才跨进校门，假如鸦雀若不作响，除了白杨萧萧以外，我们简直听不见什么样声音了。园里的空气是这般的寂静，这般的清幽！

紧把着校门，一边是守卫处，一边是稽查处和邮政局。守卫处里面有二十几名保安警察，我们从这里经过，时常可以听见警笛的声音吹得呜呜地响，接着便可以看见许多警察鱼贯而出，手里持着短小的黑漆木棒，到晚上就揿着枪，带着灯了。他们的白布裹腿和他们的黑色制服反映着显着格外白净。邮政局外面挂着一个四方的绿漆信箱，门旁钉着"邮政储金处""代收电报""代售印花税票"的招牌。我们时常可以看见穿着绿衣服的邮差乘着绿色的自行车，带着绿油布的信口袋，驼着背捅着无数的包裹邮件，走进邮局。我们隔着窗子可以看见稽查室里面的样子，桌上放着签名簿、假条等，墙上有置放假牌的木板一块，有时还可以看见一位岸然老者在里面坐着吸水烟。

才跨进校门的人，陡然看见绿葱葱的松，浅茸茸的草，和隆然高起的红砖的建筑，不能不有身入世外桃源的感觉。再听听里面阒无声响的寂静，真足令人疑非凡境了。

三、大学和高等科

我们沿着矮松做篱的小马路北行，东折，途经庚申级建的石座银盘的日晷，便可看见一座红顶灰砖白面的楼，上面横嵌着"清华学堂"四个大字的一块大理石。我们推开大门，便看见挂着一个电子表，大如面盆。在楼梯底下立着一个玻璃柜，柜里面放着无数的灿烂琳琅的银杯——大的、小的、高的、矮的、圆的，方的，各式各样的银杯，银杯的光芒直射得令人眼花缭乱。这全是清华运动健儿历年来在运动场上一滴一滴的血汗换来的战利品！

且说这一座楼是 U 形的，大门就在左面的角上。这座楼的西边一半是大学和高等科的教室，东边一半是大学学生和高三级学生的寝室。楼有上下两层，但是东边一半又有一个地窖。

我们先看看教室。教室全是至少有两边的窗户，所以光线是异常的充足，空气也极其新鲜。教室大者可容五六十人，小者可容二三十人。这楼上楼下的教室一共有十三间，全是社会科学和文科各部的教室，所以屋里面布置很简单，除了一些排齐的桌椅、讲台、讲桌、绿漆的黑板、字纸篓以外，别无长物了。但是历史学的教室却又不然，各种的模型、画片、图像点缀得令人目不暇给，——我们可以看见罗马建筑和万里长城的模型、武士戕杀白开特主教和恺撒被害的图像、圣罗马和维也纳会议后之欧洲的地图。总之，历史学教室简直一个"上下数千年，纵横几万里"的世界的缩本。教室里的桌椅并不一律：有的是一桌一椅作为一个座位，有的是只有一个椅子，但在右手扶手的地方安着一块琵琶形的木板，这块木板的职务便是代替桌子，据说这样的座位是为防学生曲背的危险。教室墙上大概是涂着蓝色的粉，因为这种颜色是合于目光的。汽炉、电灯、窗帘等一应俱全。

在教室外甬路的两旁墙壁，悬挂着无数的画片：一半是珂罗版印的中国艺术画，如山水、羽毛之类，附以说明标注；一半是西洋古今大建筑之相片，如各著名之礼拜堂及罗马之半圆剧场之类。紧对着楼梯，悬着大总统题颁的"见义勇为"的匾额。楼梯下悬着校长处及各部的通告板。

在这些教室中间夹杂着的楼上有学生会会所，楼下有童子军事务所。学生会会所很宽敞，中间一间会客厅，两边两间小屋供干事部办事之用。童子军事务所里点缀得很热闹，各种小玩艺儿大概是应有尽有了。

我们离开教室，向东走，就到了寝室了，楼上是大一级学生寝室，楼下是高三级一部分学生寝室。寝室的门上，有学生的名牌，写着一个或二、三、四、五、六、八个学生的名字，因为寝室有大小的不同。我们试推开寝室的门，可以看见：几个铺着雪白的被单的铁床，一个衣服架子，几个椅子，几个带着三个抽屉的桌子，一个痰盂，一个字纸篓和些个各式各样大大小小的书架子，几盏五十烛的电灯，几幅白布的窗帘，几个"云片糕"似的汽炉。大概寝室墙上很少是一片空白的，差不多总有些点缀，例如清华校旗、会的旗、西洋画、中国名人的字迹、电影片中的明星照相，等等。电灯上若不覆以中国式之绣幕，大约总用蓝绸围起来。墙是白色的，但是下半截敷以白油漆。楼上楼下的寝室大致相同。

紧对着楼梯悬着直隶省长题赠的"惠泽旁敷"的匾额，和教室那面的匾额遥遥相对。楼上墙上绘着箭形，指着那从未尝用过的太平梯。楼上楼下都有盥室厕所。紧挨着楼梯，楼上有大一级会所，楼下有高三级会所和周刊编辑部经理部。

寝室楼下还有一层地窖。里面的光线和空气，若说不适于人类生活，未免骇人听闻，因为里面除了照相暗室、汽炉蒸锅室以外，还有很多的会所，如孔教会等。

我们现在离开这座楼了。我们已经说过，这座楼是三面的，这三面中间环抱着的是一片草地，草地中间有几块方、圆的花圃，沿边植着几株梨树和几株柳槐。草地上除了插着"勿走草地"的木牌以外，还在重要的地方围起带刺的铁丝来。在此边一边就是手工教室、斋务处办公事、信柜室、旧礼堂，自东而西的一排，紧紧的把三面的大楼衔接起来，做成一个四方形，把草地圈在中间。

手工教室只有木工的设备，约有十几份木工的器械，锯木机等各一。介乎手工教室与斋务处之间的有戏剧社、美术社、军乐队的会所。信柜室和斋务处通着，内有几百个小信箱，箱的玻璃门上贴着学生的名号。旧礼堂是可容三百余人的一间屋子，讲台在西首，列着十几排的黄色椅子，墙上悬着几幅图片。

我们再往北走，便看见高等科各级的寝室，寝室一共四排，中间一条走廊，所以每排又分东西两段。向北数第一排是大寝室，可容十余人，第二三四排是小寝室，可容四人。青年会和年报社的会所也都在第一排。寝室里面的样子和适才说过的楼上寝室略有不同，这里没有汽炉，这里没有钢丝的铁床，这里的桌子没有三个抽屉，这里的房门镶玻璃，如是而已。

在各排寝室中间，栽着高大的杨柳或洋槐，在夏天的时候，从绿浓的树阴里发出嘶嘶的蝉声。各排寝室的前檐底下种着一排芍药，花开的时候恰似一队脂粉妖娆的女郎，后檐下种着一排玉簪花，落雨的时候叶上发出清脆的声音。仲春时候，柳絮漫舞，侵入寝室的纱窗。

走廊的北头尽处便是高等科食堂。食堂门前，有七八块木制的条告板。食堂里面分两大部分，中间一大部分是普通学生会餐的地方，西边一部分是运动队员会餐的地方，名曰"训练桌"。食堂里摆着红漆八仙桌子，每个桌子贴着八个学生的名条。中间有一个颇易令人误会的柜台，这是庶务处特派员办公的所在。厨房在东面，紧接着食堂。

在寝室的东边，还有一排房间，就是役室、厕所、行李室、理发室、学生盥室。理发室里面有四个座位，所有理发设备，除了香料化妆品以外，一应俱全。

小寝室里面，有些个是会所，如书报社、文学社等。斋务主任办公室和斋务员宿舍也在里面。走廊的北首，悬着斋务主任特办的"暮鼓晨钟"的格言板。

四、图书馆

我们离开大学和高等科，走过一座灰色的洋灰桥，劈头便是一座壬戌级建的喷水池。这喷水池是铜质的，虽然没有任何的雕刻，但是喷起水来好像三炷香似的喷着，汩汩不绝的水声，却也淙然可听。图书馆的两扇铜门便正对着这喷水池。

图书馆的建筑是文艺复兴时期的样式。门前站立着两个铁质的灯台，上面顶着梅花式的电灯。我们拉开铜门进去，便是一个石刻的楼梯。拾级而上，但见四壁辉煌，完全镶着云纹式的大理石。中间是借书柜，前面列着两个玻璃柜保存着美术画片，南面是西文阅书室，四壁布满各种字典、百科全书及各种类书杂志；北面是中文阅书室，四壁也是满布类书及杂志。阅书室里摆着长可一丈宽可三尺的楠木桌子，配着有靠背的楠木椅子，每个桌子可坐六个人，两个阅书室共可容二百人。桌上放着硬纸的牌示，上面印着"你知道否在图书馆里说话要低声的规矩？""你若找不到你要看的书，图书管理员可以帮助你"等字样。地板完全是用棕色的软木——就是用做酒瓶塞的软木——铺着。三面全有很大的罗马式的窗子，挂着蓝绒的窗帘。

我们下楼，转到楼梯底下，中间有一个饮水池，只要扳动机关，一泓清泉便汩汩的涌上来，其味清冽无比。两边是男女厕所各一。对面，一间是装订室，一间是阅报室。装订室里面放着装订书籍的器具，堆着无数的待订的书籍报纸。阅报室放着两张大桌子，四个报纸架子，有中文报二十几份、英法文报十几份。就在饮水池的地方，南北向有一条甬道，甬道的两旁全是各部教授的公事房，房门玻璃上写着"方言研究室""数学研究室"……字样。共有二十几间。

此外还有一个重要的部分，就是书库。书库紧贴着借书楼后面，我们一上楼梯就可看见。书库联起两间阅书室来恰成一个丁字形。书库共有三层，中西文书籍各半，中文书籍在北边一半，西文书籍在南边一半。最底下一层是装订成册的杂志报纸，中间一层是通常用的各种参考书，上面一层是新到的西文书籍、西文小说、德法文书籍及中文图书集成一部。书架子完全是铁质，地板完全是厚玻璃砖做成的。书架前置有电灯，白昼可用。安排书籍悉照杜威氏之十大分类法。

五、中等科

我们出了图书馆，向北望但见一丛木制的房舍，在密杂的树草中间掩映着，这便是美国教员住所（内中却有一个是中国人），向西望，便是中等科的房舍。

中等科的正门是南向的，正对着东流的小河，一条马路直通到校门。我们进了中等科的正门，便看见校长处通告板，东西向一条甬路，共有教室十二间。教室里的情形和大学高等科的差不多，只是桌子上涂的墨迹、刻的刀痕比较多些罢了。离开这一排教室，北行，便是一个庭院。两旁有迤逦的两行走廊，中间一条走路。院里满种着花草树木，有两个芍药的花圃，几株桃、杏、丁香、海棠、紫荆之类，花开的时节简直是和遍缀锦绣一般。走路尽处又是一排房舍，当中一间是会客厅，西边两间是教室，东边三间是庶务、斋务办公室和信柜室，沿着两边的走廊再往北走，便是三排寝室。头排寝室大些，可容八人一间；后两排则可容四人。但是现在前排没有人住，后两排只是二人一间。寝室门镶着玻璃，屋里布置得都很整齐——或者比高等科的还要齐整。墙上点缀品很多，总不出字画相片之类，间或也有悬着关帝像的。屋中间两份自修的桌椅，临窗又有一张桌子，贴墙两张床。很多桌上放着从大钟寺买来的金鱼。

在第三排寝室中间，便是食堂，门前也有木制的条告板，屋里也有庶务先生特制的一座柜台，八仙桌子只有十几张；所谓"训练桌"者不在食堂里面，在第二排寝室的西头。

寝室的西边还有一排南北向的房舍，就是厕所、役室和消防队办公室。消防队办公室里面，放着灯笼、水枪、水龙、皮带之类；我们时常在下午看见校内警察率领着校役整队地从这里出入。

在第二、第三排寝室中间是学生盥室。在第一排寝室中间有饮茶处。第二排东首有学生储蓄银行，规模和营业的银行相仿，只是具体而微罢了。

六、体育馆

我们出了中等科，往西去，便是运动场。运动场的东边有四个网球场，两个手球场，一个箭术场。南边临河有两个篮球场，浪木，秋千。中间是一块空地，在冬天用做足球场，在夏天用做棍球场和田径赛场。西边便是一座庞大的体育馆。

体育馆的前面有用十几根云母石柱建的一座阳台，台上可容百余人站立，上边伸着四根长大的旗杆。在云母石上刻着"纪念罗斯福体育馆"几个金字。阳台底下，中间是正门，两边是上阳台的楼梯。门的一边悬着罗斯福半面像的铜牌，一边悬着清华历来各项运动成绩优者的名牌。阳台的两边，各有一个旁门。我们先从南面的一个旁门进去，迎面便是楼梯，梯旁通着更衣室，里面有几百个铁柜子，为大学和高等科学生更衣之处。从北边的旁门进去，也是有楼梯和更衣室，为中等科学生用的。铁柜子是每人一个，各有钥匙，柜门凿孔，以流空气。两排铁柜中间，有一条宽可六英寸的一个条凳。更衣室各有饮水池，味较图书馆者尤美。由更衣室可通健身房、浴室、游泳池、厕所。

健身房的位置在体育馆的中央。四面有门，南北门通更衣室，东门即体育馆正门，西门通游泳池。地板是木制的。房的大小恰好可做一个篮球场，哑铃、木棒、木马、跳板、平行架、水平棒等运动器械都在四壁放着，爬绳、飞环、铁杠等则在房顶上悬着。屋角有两个螺旋楼梯，上面便是跑轨。

浴室内分两部：蒸汽浴和淋浴。蒸汽浴室是一间小屋，四周有大理石的条凳，凳下有热汽管。淋浴室各有喷水龙头八个。游泳池紧挨着浴室，推开浴室门便是游泳池。池长可六十尺，宽可二十尺。一边水深二三尺，一边深十几尺。池的壁底全是大理石，一片白色，注满了水的时候，和海水一般的蓝，但是清可鉴底。池旁有跳板、跳台。

体育馆的北边楼上有拳术室，里面有刀、枪、剑、戟以及一切中国几百年前用的各种武术器械，一应俱全。南边楼上有一间房子，大约是供铜管乐队练习——练习音乐——用的。楼上还有一个楼梯，直达一个窗口的地方，从此可以俯览健身房里的动作，了如指掌。

体育馆的西邻便是荒芜不治，大与清华园相埒的近春园，内有一个足球场、几个篮球和网球场，紧靠近体育馆。且说这个近春园，面积甚大，预备将来大学建筑之用，所以用围墙圈入了清华园。北部有土山隆起，登高一望，清华园全部尽在眼前，树木葱蒨，郁郁勃勃；西望则西山蜿蜒起伏，一带是青碧，一带是沉紫，颐和园的楼阁，玉泉山的尖塔，宛然如画；北望则圆明园的遗迹，焦土摧墙，杂然乱列；南望则只是近春园的一片芦草荆棘。南部是辟作花窖，培养校内使用的花卉树木。园墙上栽着爬山虎，长得异常茂盛，沿墙又种针松，隔十几步一株。现在这园里还有一些从前学生发园艺狂、牧畜狂的遗迹。从前搭起茅屋，种起白菜，养起蜜蜂、鸡、鸭，现在只看见几堆倾斜的破屋和土上开辟过的痕迹而已。从前学生在土山上挖的地洞，曾在里面做令人猜疑的举动，现在也倾圮了。

七、医院

　　出体育馆南行，我们要首先看到一座喷水池，池作五角形，灰色的坚石做的，中间矗立石柱，顶上有灯，灯下有孔，水向下喷，池的角上有饮水的水管。这个喷水池是己未年建的。过了喷水池，便到了入天堂必经之路的医院。

　　医院门东向。里面中间是医药房，房里不消说是小瓶小罐应有尽有。附带着有手术室。在这房里我们可以看见一位忠厚长者美国医生和两位笑容可掬的男看护。斜对门，是眼口鼻耳科的诊疗室。在这房里，有一位短小和蔼的中国医生在小刀小剪中间周旋。

病人的卧室在两旁，分普通病室与传染病室两种，共有十几间。传染病室大概是每人一间，普通病室大概数人一间。房里除床桌以外，别无长物。靠近每个床，墙上置有电铃。传染病室门上时常发现"禁止探视"的条子，在普通病室里桌子上，时常可以看见象棋子、围棋子之类的玩艺儿。牛奶、豆浆的瓶子，大概哪一个病室里都有。在病床栏上挂着一张诊视单子。

病室里死过人的几间，总多少带几分鬼气，当然这是主观的现象，但是多少人却都是这样地感觉着。

医院南边临河的地方，辟有一块草地，有几个包树皮的椅子，略微种些花草，这大概是预备病人散坐的意思了，但是阒无人迹的时候为多。

八、大礼堂

出医院门，一条笔直的马路，我们沿着路东走到了中等科正门的时候，向南折，便看见一座洋灰桥。桥上有四个壮丽美观的铁灯，这是癸亥年建的。我们过了桥，便到了大礼堂。

礼堂是面向南的，我们初进校门便首先望到了。是罗马式与希腊式的混合建筑。礼堂的正面 facade 是四根汉白玉制的石柱，粗可二人合抱，高可两三丈。四根柱子中间，是三个亮闪的铜门。门前左右两个灯台，两根高可六七丈的旗杆在两边立着。建筑的上面是一个铜质的圆顶。这个礼堂外面并没有任何的装饰，如雕刻、石像、花纹，等等，但是却也有一种雄巍的气象。

我们进了门，左右两边有售票的窗口，还有上楼的楼梯。前面是三个皮门，我们进了这二重门便到了礼堂的内部了。一间广大的会场！楼下可容千余人，楼上亦可容千人。地板是软木做的，后面高，前面低，成倾斜形。硬木的椅子摆成整齐的行列，椅子底下安着热汽管。

讲台正对着大门，宽可四五丈，深可一丈。台上悬着二十几匹褐色纺绸缀成的幕帘。台的里面全是赭色木雕的板墙。讲台后面，左右各有空屋几间，可作演戏化妆室用。在对面楼上，有电影机室，光线直射到台幕上。

在礼堂里，我们看不见柱子，只见四个大弯弧架着上面盖覆的圆顶。圆顶里面作蓝色，在四个角上安置着千余烛的反射电灯。夜晚时候，灯光齐射到圆顶上去，再反照下来，全场明亮。

在台幕上边的墙上，雕着一个圆形的图像，里面写着几个隶书大字，这便是清华的校训："厚德载物，自强不息。"

九、科学馆

我们出了礼堂，在东边看见高等科，在西边就看见科学馆了。且说科学馆因为太科学的缘故，所以便不怎样美观，远远望过去，只像是一个养鸽子的巢房——一个一个的小窗洞。这是一座三层楼的建筑，红砖上略微有些绿"爬山虎"的叶子，倒还可以减少一点单调。屋顶是石板做的，在阳光底下照得很亮。门是铜质的，上面门框上刻着"科学"二字，门旁墙上有两盏铜灯。一进门墙上有气象报告的牌子，前边便是楼梯，旋绕着可以直上第三层楼。不远，我们可以看见升降机的地方，但是只有一个空隙，机器还不知在哪里哩。

最底下一层的房间，和科学不发生密切的关系，因为只是校长室、文案处、庶务处、中西文主任处、文具室、注册部、会计处等办公的所在。紧挨着校长室，是一间会客厅，里面陈设很整齐，一盆文竹几盆花卉点缀在桌上，墙上悬着校内风景片。会计处俨然有银行的神气，柜台上立起铜栏，"付款处""交款处"……小牌子挂在上边。在房门上都各标明了其办公处的字样。打字机的声音大概在哪一个门外都可听见。在甬路中间，立着校长特置的学生建议箱，听说箱里面发现东西的时候很少。

第二层楼是一间讲演室，一间绘图室，两个物理实验室。讲演室是物理学与普通科学用的。绘图室里中间一个大桌子，周围有些个小圆凳子，这是为用器画和几何学用的。物理实验室一个是初级，一个是高级的。里面摆满了各种声、光、电学的实验器械。还有一间测量学教室。

第三层楼上是两间讲演室，一个生物学实验室，两个化学实验室。讲演室一为化学用，一为生物学用。生物学实验室免不了二十几个显微镜和些个酒精浸着的标本。化学实验室，一是初级，一是高级的。我们只消在门外经过一回，嗅着各种不妙的气味，就要掩鼻而走，想来屋里面也不外乎一些玻璃瓶、玻璃管、玻璃灯、玻璃片、玻璃盆之类罢了。

科学馆楼下有风扇室，里面的风扇活动起来，全科学馆的空气都可以流通，可以彻底地把各个屋里的空气淘换干净。

十、工字厅与古月堂

科学馆的西边，隔着一条小河，便是工字厅，工字厅的西边便是古月堂。工字厅是西文部教授住的地方，古月堂是国文部教授住的地方。

工字厅的大门面向南，完全是中国旧式的建筑。门上悬着清咸丰御笔"清华园"三字的匾额，金字朱印，辉煌可观。门前两尊石狮，狞目张口，栩栩欲活。门旁一边张挂着条告板，一边钉着"纪念校长唐国安君"的铜牌。我们踱进门去，只听得啾啾的山雀在参天的古柏上叫着，静悄悄的没有动静。西行便到了校内电话司机处。左右有厢房，有跨院，都是教员住的地方。我们照直北进，穿过穿堂门，便到了一个很美丽的庭院。院里有一座玲珑的假山石，上面覆满了密丛丛的"爬山虎"。假山石前栽着两池硕大的牡丹，肥壮无比。院子东西两旁全是曲折的回廊。我们穿过这个院子北走，就真到了名实相符的工字厅了。几间殿宇式的房间，两排平行，中间用一段走廊联起来，恰好成为"工"字，故名。前工字厅东边一半是音乐教室，里面有一架钢琴，许多椅子，一张五线的黑板。西边一半是教员的阅报室。我们穿过走廊北去，便是后工字厅，这是学校各机关团体俱乐的地方，里面有西式的讲究的布置。推开后工字厅的窗子北望便是荷花池了。

后工字厅的西边有西工字厅，这是来宾暂住的地方，从前梁任公担任讲师时即住于此。屋前有两棵紫藤树，爬满了阔院子大的架子。此外还有些个小跨院，全是教员住所了。

古月堂较工字厅为小。门旁有几棵马尾松长得非常的葱茏。门前有一个篮球场，里面是中间一个大院，左右各有小院。油印讲义的地方就附属在这里的役室里。古月堂的后边有两个网球场。

工字厅前面，是一条小河，过了石桥便是一条马路，马路的两旁是一片浓密的树林，林里的草长得可以到一人多高。马路尽处，西折，便是校长住宅、从前的副校长住宅和工程师住宅。

十一、电灯厂与商店

电灯厂在清华园的东南角上，我们在园外就可以望到那耸入天际的烟囱了。这个烟囱是砖制的，高有五六十尺；傍晚的时候我们可以听见汽机突突的声音从这个角上发出来，烟囱顶上开出一朵一朵的黑牡丹。

厂里面有发电机四部，计开 14KW 一部、70KW 二部、140KW 一部，可供六千盏电灯之用。现在校内共有大小电灯四千三百八十四盏，每天约用煤五吨。

离电灯厂不远，西去几十码的地方便有一所房子，里面有售品公社、京华教育用品公司、鞋铺、成衣铺、木厂。售品公社是学生教职员集股办的，里面大概分四部分：食品部、用品部、文具部、兑换部。食品部贩卖点心、水果、饮料之类，用品部有日用之牙粉、手巾等。京华公司由北京分来，承办各种课本书籍，附售文具。鞋铺专做皮鞋、帆布鞋和体育馆用的鞋。成衣铺则以竹布衫、白帽子为营业大宗。木厂则似乎集中精力于制造桌椅。

在中等科厨房后面，还有一个木厂和成衣铺，在营业上无形中有了竞争。

十二、荷花池
工字厅的背后就是荷花池，这里是清华园里最幽绝的地方。

池宽东西有二百尺，南北有一百尺。工字厅后面展出一座石台，做了池的南岸，北岸西岸是一带的土山，东岸是一座凉亭。池的四围全栽着摇曳的杨柳，拂着水面。荷花池的景象，四时不同，各臻其妙。在冬天，池水凝冰，光滑如镜，滑冰的人像燕子似的在上面飞掠，土山上的树全秃了，松柏也带了一层黯淡的颜色。在春天，坚冰初融，红甲纱裙的金鱼偶尔地浮到水面，池水碧绿得和油一般，岸上的丁香放了蓓蕾，杨柳扯了绿线。在夏天，满池荷花，荷叶大得像车轮似的，岸上草茵茸茸，蝉在树上不住地叫，一阵一阵的薰风吹送着沁人的荷香。在秋天，残荷萧瑟，南岸上的两株枫树，叶红如茶，金风吹过池面，荷叶沙沙作响。四时的景象真是变化不绝。

四角的凉亭，周围全是堆砌的山石，几株丁香、凤尾草环绕着。亭里面有木座，我们在月明风清之夕，或是夕阳回射的时候，独在这里徜徉徘徊运思游意，当得到无穷尽的灵感与慰藉，对岸伞形的孤松，耸入云际，倒影悬在水里，有风的时节，像蚯蚓一般地动摆起来。翘首西望，一带的青山在树丛顶线上面横着。翻跃的鲤鱼在池心不时地跳动。这是何等清幽的所在哟！

亭子的东边是一条小河，河的对岸土丘上便是钟阁。里面悬着一口径可四尺余的巨钟，钟上生满了一层绿色，古色斑斓。这是清华园报时辰的钟，每半小时敲一次，钟声远及海淀。钟上刻着这几个字：

大明嘉靖甲午年五月□日阜城门外三里河池水村御马监太监麦造。

我们离开凉亭，踱过小板桥，登土山。土山上生满高可参天的长青树，径上落了无数的柏实松针之类。假山石在土山上错落地堆着，供了行人息足之用。西行尽处，一根独木桥横跨在小河上。过了独木桥，仍是土山，从这里向东望，只见绿阴的树影里藏着一座玲珑透剔的冷亭，映着礼堂的红墙铜顶。

我们若要描述这荷花池的景象，只消默记工字厅后廊上悬着的一个匾额，上面是四个大字：

水木清华

后廊柱上悬着的一副楹联，是这样的两句：

槛外山光，历春夏秋冬，万千变幻，都非凡境；
窗中云影，任东西南北，去来澹荡，间是仙居。

纽约的旧书铺

我所看见的在中国号称"大"的图书馆，有的还不如纽约下城十四街的旧书铺。纽约的旧书铺是极引诱人的一种去处，假如我现在想再到纽约去，旧书铺是我所要首先去流连的地方。

有钱的人大半不买书，买书的人大半没有多少钱。旧书铺里可以用最低的价钱买到最好的书。我用三块五角钱买到一部 Jewett 译的《柏拉图全集》，用一块钱买到第三版的《亚里士多德之诗与艺术的学说》，就是最著名的那个 Butcher 的译本——这是我买便宜书之最高的纪录。

罗斯丹的戏剧全集，英文译本，有两大厚本，定价想来是不便宜。有一次我陪着一位朋友去逛旧书铺，在一家看到全集的第一册，在另一家又看到全集的第二册，我们便不动声色地用五角钱买了第一册，又用五角钱买了第二册。用同样的方法我们在三家书铺又拼凑起一部《皮奈罗戏剧全集》。后来我们又想如法炮制拼凑一部《易卜生全集》，无奈工作量太大了，没有能成功。

别以为买旧书是容易事。第一，你这两条腿就受不了，串过十几家书铺以后，至少也要三四个钟头，则两腿谋革命矣。饿了的时候，十四街有的是卖"热狗"的，腊肠似的鲜红的一条肠子夹在两片面包里，再涂上一些芥末，颇有异味。再看看你两只手，可不得了，至少有一分多厚的灰尘。然后你左手挟着一包，右手提着一包，在地铁里东冲西撞地跟跄而归。书铺老板比买书的人精明。什么样的书有什么样的行市，你不用想骗他。并且买书的时候还要仔细，有时候买到家来便可发现版次的不对，或竟脱落了几十页。遇到合意的书不能立刻就买，因为顶痛心的事无过于买妥之后走到别家价钱还要便宜；也不能不立刻就买，因为才一回头的工夫，手长的就许先抢去了。这里面颇有一番心机。

在中国买英文书，价钱太贵还在其次，简直就买不到。因此我时常地忆起纽约的旧书铺。

忆青岛

　　"上有天堂，下有苏杭。"天堂我尚未去过。《启示录》所描写的"从天上上帝那里降下来的圣城耶路撒冷，那城充满着上帝的荣光，闪烁像碧玉宝石，光洁像水晶"。城墙是碧玉造的，城门是珍珠造的，街道是纯金的。珠光宝气，未能免俗。真不想去。新的耶路撒冷是这样的，天堂本身如何，可想而知。至于苏杭，余生也晚，没赶上当年的旖旎风光。我知道苏州有一个顽石点头的地方，有亭台楼阁之胜，纲师渔隐，拙政灌园，均足令人向往。可是想到一条河里同时有人淘米、洗锅、刷马桶，不禁胆寒。杭州是白傅留诗苏公判牍的地方，荷花十里，桂子三秋，曾经一度被人当作汴州。如今只见红男绿女游人如织，谁有心情看浓妆淡抹的山色空蒙。所以苏杭对我也没有多少号召力。

　　我曾梦想，如果有朝一日，可以安然退休，总要找一个比较舒适安逸的地点去居住。我不是不知道随遇而安的道理。

树下一卷诗，

一壶酒，一条面包——

荒漠中还有你在我身边歌唱——

啊，荒漠也就是天堂！

这只是说说罢了。荒漠不可能长久地变成天堂。我不存幻想，只想寻找一个比较能长久的居之安的所在。我是北平人，从不以北平为理想的地方。北平从繁华而破落，从高雅而庸俗、而恶劣，几经沧桑，早已无复旧观。我虽然足迹不广，但北自辽东，南至百粤，也走过了十几省，窃以为真正令人流连不忍去的地方应推青岛。

青岛位于东海之滨，在胶州湾之入口处，背山面海，形势天成。光绪二十三年（一八九七）德国强租胶州湾，辟青岛为市场，大事建设。直到如今，青岛的外貌仍有德国人的痕迹。例如房屋建筑，屋顶一律使用红瓦片，山坡起伏绿树葱茏之间，红绿掩映，饶有情趣。民国三年青岛又被日本夺占，民国十一年才得收回。迩后虽然被几个军阀盘据，表面上没有遭到什么破坏。当初建设的根柢牢固，就是要糟蹋一时也糟蹋不了。青岛的整齐清洁的市容一直维持了下来。我想在全国各都市里，青岛是最干净的一个。"无风三尺土，有雨一街泥"的北平不能比。

青岛的天气属于大陆气候，但是有海湾的潮流调剂，四季的变化相当温和。称得上是"春有百花秋有月，夏有凉风冬有雪"的好地方。冬天也有过雪，但是很少见，屋里面无需升火不会结冰。夏天的凉风习习，秋季的天高气爽，都是令人喜的，而春季的百花齐放，更是美不胜收。樱花我并不喜欢，虽然第一公园里整条街的两边都是樱花树，繁花如簇，一片花海，游人摩肩接踵，蜜蜂嗡嗡之声震耳，可是花没有香气，没有姿态。樱花是日本的国花，日本和我们有血海深仇，花树无辜，但是我不能不连带着对它有几分憎恶！我喜欢的是公园里培养的那一大片娇艳欲滴的西府海棠。杜甫诗里没有提起过它，历代诗人词人歌咏赞叹它的不在少数。上清宫的牡丹高与檐齐，别处没有见过，山野有此丽质，没有人嫌它有富贵气。

推开北窗，有一层层的青山在望。不远的一个小丘有一座楼阁矗立，像堡垒似的，有俯瞰全市傲视群山之势，人称总督府，是从前德国总督的官邸，平民是不敢近的，青岛收回之后作为冠盖往来的饮宴之地，平民还是不能进去的（听说后来有时候也偶尔开放）。里面是什么样子我不知道，也不想知道。还有人说里面闹鬼。反正这座建筑物，尽管相当雄伟，不给人以愉快的印象，因为它带给我们耻辱的回忆。其实青岛本身没有高山峻岭，邻近的劳山，亦作崂山，又称牢山，却是峻峥巉险，为海滨一大名胜。读《聊斋志异》劳山道士，早已心向往之，以为至少那是一些奇人异士栖息之所。由青岛驱车至九水，就是山麓，清流汩汩，到此尘虑全消。舍车扶策步行上山，仰视峰巘，但见参嵯翳日，大块的青石陡峭如削，绝似山水画中之大斧劈的皴法，而且牛山濯濯，没有什么迎客松、五老松之类的点缀，所以显得十分荒野。有人说这样的名山而没有古迹岂不可惜，我说请看随便哪一块巍巍的巨岩不是大自然千百万年锤炼而成，怎能说没有古迹？几小时的登陟，到了黑龙潭观瀑亭，已经疲不能兴。其他胜境如清风岭碧落岩，则只好留俟异日。游山逛水，非徒乘兴，也须有济胜之具才成。

青岛之美不在山而在水。汇泉的海滩宽广而水浅，坡度缓，作为浴场据说是东亚第一。每当夏季，游客蜂拥而至，一个个一双双的玉体横陈，在阳光下干晒，晒得两面焦，扑通一声下水，冲凉了再晒。其中有佳丽，也有老丑。玩得最尽兴的莫过于夫妻俩携带着小儿女阖第光临。小孩子携带着小铲子、小耙子、小水桶，在沙滩上玩沙土，好像没个够。在这万头攒动的沙滩上玩腻了，缓步踱到水族馆，水族固有可观，更妙的是下面岩石缝里有潮水冲积的小水坑，其中小动物很多。如寄生蟹，英文叫 hermitcrab，顶着螺蛳壳乱跑，煞是好玩。又如小型水母，像一把伞似的一张一阖，全身透明。孩子们利用他们的小工具可以罗掘一小桶，带回家去倒在玻璃缸里玩，比大人玩热带鱼还兴致高。如果还有馀勇可买，不妨到栈桥上走一遭。桥尽头处有一个八角亭，额曰回澜阁。在那里观壮阔之波澜，当大王之雄风，也是一大快事。

汇泉在冬天是被遗弃的，却也别有风致。在一个隆冬里，我有一回偕友在汇泉闲步，在沙滩上走着走着累了，便倒在沙上晒太阳，和风吹着我们的脸。整个沙滩属于我们，没有旁人，最后来了一个老人向我们兜售他举着的冰糖葫芦。我们在近处一家餐厅用膳，还喝了两杯古拉索（柑香酒）。尽一日欢，永不能忘。

汇泉冬夜涨潮时，潮水冲上沙滩又急遽地消退，轰隆呜咽，往复不已。我有一个朋友赁居汇泉尽头，出户不数步就是沙滩，夜闻涛声不能入眠，匆匆移去。我想他也许没有想到，那就是观音说教的海潮音，乃觌面失之。

说来惭愧，"饮食之人"无论到了什么地方总是不能忘情口腹之欲。青岛好吃的东西很多。牛肉最好，销行国内外。德国人佛劳塞尔在中山路开一餐馆，所制牛排我认为是国内第一。厚厚大大的一块牛排，煎得外焦里嫩，切开之后里面微有血丝。牛排上面覆以一枚嫩嫩的荷包蛋，外加几根炸番薯。这样的一分牛排，要两元钱，佐以生啤酒一大杯，依稀可以领略樊哙饮酒切肉之豪兴。内行人说，食牛肉要在星期三四，因为周末屠宰，牛肉筋脉尚生硬，冷藏数日则软硬恰到好处。佛劳塞尔店主善饮，我在一餐之间看他在酒桶之前走来走去，每经酒桶即取饮一杯，不下七八杯之数，无怪他大腹便便，如酒桶然。这是五十年前旧话，如今这个餐馆原址闻已变成邮局，佛劳塞尔如果尚在人间当在百龄以上。

青岛的海鲜也很齐备。像蚶、蛤、牡蛎、虾、蟹以及各种鱼类应有尽有。西施舌不但味鲜，名字也起得妙，不过一定要不惜工本，除去不大雅观的部分，专取其洁白细嫩的一块小肉，加以烹制，才无负于其美名，否则就近于唐突西施了。以清汤氽煮为上，不宜油煎爆炒。顺兴楼最善烹制此味，远在闽浙一带的餐馆以上。我曾在大雅沟菜市场以六元市得鲥鱼一尾，长二尺半有奇，小口细鳞，似才出水不久，归而斩成几段，阖家饱食数餐，其味之腴美，从未曾有。菜蔬方面隽品亦多。蒲菜是自古以来的美味，《诗经》所说"其蔌维何，维笋及蒲"，蒲的嫩芽极细致清脆。青岛的蒲菜好像特别粗壮，以做羹汤最为爽口。再就是附近潍县的大葱，粗壮如甘蔗，细嫩多汁。一日，有客从远道来，止于寒舍，惟索烙饼大葱，他非所欲。乃如命以大葱进，切成段段，如甘蔗状，堆满大大一盘。客食之尽，谓乃平生未有之满足。青岛一带的白菜远销上海，短粗肥壮而质地细嫩。一般人称之为山东白菜。古人所称道的"春韭秋菘"，菘就是这大白菜。白菜各地皆有，种类不一，以山东白菜为最佳。

青岛不产水果，但是山东半岛许多名产以青岛为集散地。例如莱阳梨。此梨产在莱阳的五龙河畔，因沙地肥沃，故品质特佳。外表不好看。皮又粗糙，但其细嫩酥脆甜而多浆，绝无渣滓，美得令人难以相信。大的每个重十台两以上。再如肥城桃，皮破则汁流，真正是所谓水蜜桃，海内无其匹，吃一个抵得半饱。今之人多喜怀乡，动辄曰吾乡之梨如何，吾乡之桃如何，其夸张心理可以理解。但如食之以莱阳梨、肥城桃，两相比较，恐将哑然失笑。他如烟台之香蕉、苹果、玫瑰葡萄，也是青岛市面上常见的上品。

一般山东人的特性是外表倔强豪迈，内心敦厚温和。宦场中人，大部分肉食者鄙，各地皆然，固无足论。观风问俗，宜对庶民着眼。青岛民风淳厚，每于细民中见之。我初到青岛，看到人力车夫从不计较车资，乘客下车一律付与一角，路程远则付二角，无争论者。这是全国所没有的现象。有人说这是德国人留下的无形的制度，无论如何这种作风能维持很久便是难能可贵。青岛市面上绝少讨价还价的恶习。虽然小事一端，代表意义很大。无怪乎有人感叹，齐鲁本是圣人之邦，青岛焉能不绍其余绪？

我家里请了一位厨司老张，他是一位异人。他的手艺不错，蒸馒头、烧牛尾，都很擅长。每晚膳事完毕，沐浴更衣外出，夜深始返。我看他面色苍白削瘦，疑其吸毒涉赌。我每日给他菜钱二元，有时候他只飨我以白菜豆腐之类，勉强可以果腹而已。我问他何以至此，他惨笑不答。过几天忽然大鱼大肉罗列满桌，俨若筵席，我又问其所以，他仍微笑不语。我懂了，一定是昨晚赌场大赢。几番盯问之后，他最后迸出这样的一句"这就是一点良心！"

我赁屋于鱼山路七号，房主王君乃铁路局职员，以其薄薪多年积蓄成此小筑。我于租满前三个月退租离去，仍依约付足全年租赁，王君坚不肯收，争执不已，声达户外。有人叹曰："此君子国也。"

我在青岛居住四年，往事如烟。如今隔了半个世纪，人事全非，山川有异。悬想可以久居之地，乃成为缥缈之乡！噫！